Ullstein

DAS BUCH

In den zwanziger Jahren verbringt ein junger Austauschstudent einige Sommerwochen in einem ungarischen Dorf mit dem zungenbrecherischen Namen Hodmezövásárhelykutasipuszta. Für Spaß und Abwechslung ist spätestens dann gesorgt, als er die siebzehnjährige Tochter des Bahnhofsvorstehers, Piroschka, kennen- und liebenlernt. Doch irgendwann geht selbst die schönste Zeit zu Ende, dann heißt es Abschied nehmen von der herrlichen Landschaft, den gastfreundlichen Bewohnern und dem feurigen Ungarmädel.
Mit »Ich denke oft an Piroschka«, dieser eigentümlichen Mischung aus autobiographischem und sentimentalem Roman, hat Hartung den Nerv der Zeit getroffen. Das »schriftstellerische Aquarell mit lustigen Farben aus der Pußta« (»Frankfurter Allgemeine Zeitung«) ist von Millionen begeisterter Leser regelrecht verschlungen worden. Seine eindrucksvolle Verfilmung mit Liselotte Pulver und Gunnar Möller in den Hauptrollen zählt heute zu den Filmklassikern.

DER AUTOR

Hugo Hartung wurde 1902 in Netzschkau/Merseburg als Sohn eines Gaswerkdirektors geboren. Nach Abschluß seines Studiums der Theaterwissenschaften und Literaturgeschichte in Leipzig, Wien und München war er als freier Mitarbeiter für so renommierte Zeitschriften wie den »Simplicissimus« und den »Querschnitt« tätig. Neben seinen Engagements als Schauspieler und Dramaturg an verschiedenen großen Bühnen schrieb er u. a. zahlreiche dramatische Texte und Hörspiele. Mit seinem 1954 erschienenen Roman »Ich denke oft an Piroschka« gelang ihm ein Welterfolg, der in rund ein Dutzend Sprachen übersetzt wurde. Hartung starb 1972 in München.

Hugo Hartung

Ich denke oft an Piroschka

Roman

Ullstein

Ullstein Buchverlage GmbH & Co. KG,
Berlin
Taschenbuchnummer: 24588

Ungekürzte Ausgabe
September 1999

Umschlaggestaltung:
Vera Bauer
Foto:
pwe Kinoarchiv Hamburg

Alle Rechte vorbehalten
© 1986 Ullstein Buchverlage
GmbH & Co. KG, Berlin
Printed in Germany 1999
Gesamtherstellung:
Ebner Ulm
ISBN 3 548 24588 9

Gedruckt auf alterungsbeständigem
Papier mit chlorfrei
gebleichtem Zellstoff

Die Deutsche Bibliothek –
CIP-Einheitsaufnahme

Hartung, Hugo:
Ich denke oft an Piroschka :
Roman / Hugo Hartung. –
Ungekürzte Ausg. –
Berlin : Ullstein, 1999
(Ullstein-Buch ; Nr. 24550)
ISBN 3-548-24588-9

*Meiner österreichischen Mutter
und den ungarischen Freunden
aus jenen Tagen*

Inhalt

Das Rosinenmädchen	9
Budapest	23
Die schöne Liebesnacht	29
»Gastfreindschaft«	39
Die Ankunft	51
Photographieren	62
»Mulotschag«	71
Das »Sígnal«	83
Die Hochzeitsfeier	95
Köpfe im Keller	108
Die zweite Liebesnacht	118
Der dumme Irrtum	130
Das Hemd des Präsidenten	141
Verlorenes Paradies	152
Zwischenspiel	162
Maisrebeln	171
Kleine Silberknöpfchen	182
Zum letztenmal . . .	191
»– – – –!«	197

Das Rosinenmädchen

Ich denke oft an Piroschka. Oft höre ich ihre Stimme, nachts: »Kérem, Andi! Mach Sígnal!« und meine, ihre drollige Stirnlocke an meinem Gesicht zu spüren. Aber dann werde ich wach...

Wie es dazu kam – das freilich kann ich nicht in jedem Traum wiederholen. Es ist eine zu lange Geschichte. Doch einmal muß sie erzählt werden. Inzwischen hat sich ja so viel geändert da unten in Ungarn. Vielleicht hat Piroschka selbst wieder eine Piroschka, die heute so alt ist, wie sie damals gewesen ist. Ich darf es jetzt erzählen – alles! Ganz von Anfang an... So hat es begonnen:

Die Julisonne glühte, und Reiher stiegen aus dem Schilf zu dem fast schmerzhaft leuchtenden Himmelsgewölbe auf. Die »Kommilitonen« – ich haßte dieses gespreizte Wort – saßen drunten im Speisesaal und spielten Skat, weil einer aus seinem Reiseführer vorgelesen hatte, die Stromstrecke sei hier auf einige hundert Kilometer ziemlich langweilig. Langweilig – diese Landschaft des letzten Schöpfungstages: mit Himmel, Wasser, Schilf und Vogelschwingen...

Wir lagen an Deck auf Liegestühlen, die ziemlich dicht beieinander standen. Am Bug saßen auf Klapphokkern deutsche Touristen, eine kleine Reisegesellschaft. Ihre männlichen Teilnehmer trugen hellblaue, etwas verschrumpelte Leinenjacketts. Leicht gezogen und hitzematt begann die Gesellschaft zu singen: »Warum ist es am Rhein so schön?«

Das verdroß mich. Ich wollte nicht wissen, warum es am Rhein so schön sei, solange ich auf der Donau fuhr. Aus meiner halb sitzenden Stellung legte ich mich lang zurück – der Liegestuhl war auf die unterste Kerbe eingestellt –, um nur noch die blaue Unendlichkeit über mir zu haben. Es war aber noch etwas anderes über mir. Ein spitzer, modischer Damenabsatz stieß mich ein wenig gegen den Hinterkopf. Ich sagte: »Pardon«, obwohl ich an diesem Zwischenfall eigentlich unschuldig war, wandte meinen Kopf leicht nach oben und sah ein verwirrend anmutiges Bein, das eilig zurückgezogen wurde.

Angesichts der Internationalität des Reisepublikums – man hörte Englisch, Ungarisch, Tschechisch außer der Sprache der rheinsüchtigen Landsleute – kam mir mein Ausdruck vorzüglich gewählt vor. Ich dachte an die Ratschläge, die Vater mir beim Abschied gegeben hatte: im Ausland die rechte Mitte des Verhaltens, gleich entfernt von Anmaßung und Servilität, zu wahren. Das anmutige Bein hatte zwar nicht geantwortet, aber es würde meine gebildete Entschuldigung verstanden haben. Die Bugbesatzung stimmte »Zu Mantua in Banden« an. Das hatte noch mehr Strophen als die Rheinfrage. Ach Gott, wie singt ihr schlecht!

Als sie auch den Andreas Hofer erledigt hatten, schwiegen die unlustig Singenden endlich still. Nun blieb nur noch das platschende Schaufeln der großen Räder im Wasser ... Neben mir schnarchte ein beleibter

Herr mit viel Sonnenbrand, dessen Glatze mit dem Wirtschaftsteil des »Neuen Wiener Journals« zugedeckt war. Der Dollar, las ich darin, stieg noch immer.

Weil mir ohnehin heiß war, zog ich mein Jackett aus und öffnete den oberen Knopf meines weißen Sporthemdes. Ich benutzte die günstige Gelegenheit, einen Blick auf den Liegestuhl hinter mir zu werfen. Er war leer. Das heißt, er war nicht ganz leer, sondern ein Buch mit blauem Leineneinband und weißer Prägeschrift lag darauf: »Grammatik der neugriechischen Sprache«. Das verwirrende Bein begann auf interessante Art problematisch zu werden.

Die Sonne brannte. Ein Reiher trug einen silberglitzernden Fisch im Schnabel. Das vogelknarrende, kreischende Schilfufer gehörte zur Großen Schüttinsel.

Endlich schlug die Schiffsglocke wieder einmal an. Es war ihr Kolumbusruf, daß Land in Sicht sei, das heißt, daß am blau-weiß-roten tschechischen Ufer zur Linken oder am rot-weiß-grünen ungarischen zur Rechten angelegt werde. Das Flußschiff »Erzsébet királyne« nahm Kurs ins Rot-Weiß-Grüne.

Eine Holzbrücke war da, aber man sah keine menschliche Ansiedlung, weder einen Kirchturm noch ein Haus. Vielleicht gab es Hütten unter den mächtigen, breitästigen Bäumen hinterm Schilfstrand. Nackte, bronzebraune Kinder wälzten sich auf einem schmalen Sandstreifen oder sprangen kopfüber in die graugrüne Donau, um dem weißen Schiff entgegenzuschwimmen. Meine Gedanken waren tief im Tropisch-Exotischen, erdteilfern von der kleinen Heimatstadt, der Zeit und den Dollarkursen, die dem Herrn zur Linken von der Glatze zu rutschen begannen. Meine erste Reise in wirkliches Ausland! Als Kind war es für mich das große Erlebnis gewesen, wenn ich vom Sachsen-Weimarischen ins Schwarzburg-Sonderhäusische fuhr . . .

Die drei, die von dem Baum- und Schilfufer als einzige Passagiere an Deck kamen, taten alles, um meine Illusion zu fördern. Zwei Mädchen zwischen zehn und dreizehn – mit pechschwarzen Strähnen um die ägyptisch geschnittenen Gesichter und Kohlenaugen dazu! – trugen Flechtkörbchen am Arm, in denen Früchte lagen: Pfirsiche, Trauben und goldene Birnen. Die Mädchen riefen: »Gyümölcs, tessék! Szöllö! Körte!« Und wie sie es riefen – mit den vielen ö's und ü's –, klang es wie Gesang. Den Gesang begleitete ein Knabe auf seiner Geige.

Der Geiger war nicht älter als acht Jahre, aber sein Instrument schien sehr alt zu sein. Es war eine schwärzliche, armselige Zigeunergeige – aber wie sie klang! Ich meinte so etwas an Süße und Wohllaut noch nie gehört zu haben wie dieses endlose Lied. Der Bub wand sich spielend zwischen den dicht gestellten Liegestühlen hindurch, und ich sah, wie ihm überall Münzen und zerschlissene Scheine in die weit abstehenden Taschen der noch zerschlisseneren Jacke gesteckt wurden.

Die Obstkörbchen der Mädchen leerten sich rasch. Einer von den Bugsängern fragte den spielenden Zigeunerjungen, ob er die »Lorelei« begleiten könne. Der lachte ihn nichtverstehend an, und seine schmutzverkrusteten Füße stampften im Csárdásrhythmus seines Instruments. Meine Landsleute schienen gekränkt, daß man hier kein Deutsch mehr verstand. Mich freute es.

Pfirsichessen ergibt auch eine gewisse Melodie, besonders wenn die Früchte sehr saftig sind. Die aus den Zigeunerkörben waren es.

»Entschuldigung!« sagte die junge Dame, als ich mich bei einem Schlürflaut umdrehte. Die neugriechische Grammatik in ihrem Schoß war saftbespritzt.

»Bitte«, antwortete ich.

Aber warum sprach sie – die noch gar keine Dame, sondern eher ein Mädchen meines Alters war – nicht Neugriechisch? Ich fragte sie danach.

»Ach, wegen dem da!« sagte sie, während sie den dikken Pfirsichkern abknabberte, und deutete abschätzig auf das blaue Buch. Sie war leider eine Deutsche. Das nahm den Zauber der Ferne von meiner rückwärtigen Nachbarin.

Darum drehte ich mich wieder um, versank in meinen roten Liegestuhl, den eine Stephanskrone mit dem schiefen Kreuz in abgeblaßtem Goldgelb zierte, und gab mich dem angenehmen Melodram aus Urlandschaft und Volksmusik hin. An der nächsten Schiffslände verließen die Kinder das Deck – wahrscheinlich nahm sie das Gegenschiff wieder zu ihren Bäumen und ihrer Schilfwildnis mit. Ich schlief ein. Ich erwachte, als die Touristen am Bug sich in einen Kanon verhedderten und das kirchturmlose Land zur Rechten mit imitiertem Glockengeläut erschreckten. Die Sonne stand uns nun im Rücken, und der unsere Gesichter überwehende Schatten kam von schwarzem Schornsteinrauch. Eine abgründige Baßstimme mischte sich in das ausweglose »Bimbam« des Kanons, und mit baumelnden Hosenträgern stand der cand. med. Rogotzky vor mir.

»Junge! so ein Blatt!« röhrte er mir mit seinem Bierbaß zu. »Ich hab' schon ein paar Tausender gewonnen. Komm doch ins Kasino runter – prima Wein da!«

Der vierschrötige Westfale war gewiß einer der sympathischsten unter den Reisegefährten. Aber da sein

Vorhaben meinen exotischen Träumereien abträglich war, lehnte ich dankend ab.

Rogotzky kniff ein Auge ein, deutete mit seinem dikken Daumen über die Schulter und ließ einen Schnalzlaut hören. Er stellte damit eine nicht vorhandene Beziehung zwischen mir und dem fremden Mädchen her. Nach etwa zehn Minuten lud er sie, statt meiner, in das Schiffskasino ein, und als die beiden, ohne mich zu beachten, an mir vorübergingen, sah ich, daß das zweite Bein des Mädchens nicht weniger anmutig war als jenes, welches sie mir auf den Kopf gelegt hatte.

Was fiel diesem Rogotzky ein, mir meine Nachbarin mir nichts, dir nichts zu entführen? Ich langte nach dem Buch, das sie zurückgelassen hatte, um ihren Namen zu erfahren. »Karlheinz Kützner« stand auf der ersten Seite der Grammatik. Das mochte der Name ihres Vaters oder Bruders sein.

Eigentlich nur, weil diese lauten Burschen unter Deck es mir wegzuschnappen drohten, begann ich mich für das Mädchen zu interessieren. Es wurde mir wichtiger als die mattblauen Bergsilhouetten, die sich voraus abzuzeichnen begannen.

Als ich ins Kasino kam, hatten meine studentischen Reisegenossen rote Gesichter und schunkelten mit dem verwirrenden Mädchen.

»Fräulein Kützner«, sagte ich, um den »Kommilitonen« gegenüber eine nähere Bekanntschaft zu betonen. »Sie haben etwas an Deck vergessen!«

Sie schunkelte weiter. Ich trat hinter ihren Stuhl und hielt ihr das blaue Buch vors Gesicht.

»Hier, Fräulein Kützner!«

Fräulein Kützner dankte und sagte lachend, daß sie gar nicht Kützner heiße.

»Mädchen, was machst du denn damit?« rief Rogotzky über sein Weinglas hinweg, indem er mir das Buch aus der Hand nahm. »Land der Griechen mit der Seele suchen?«

»Ach«, sagte das Mädchen, das nicht Kützner zu heißen behauptete, »ich habe es zufällig antiquarisch bekommen.«

Der Fußboden schütterte jetzt etwas vom Maschinengedröhn, denn das Schiff stand. Zur Rechten hörte man das schurrende, ächzende Reiben des Schiffsrumpfes an einer Landebrücke. Ich lief hinauf, um die Station in mein Tagebuch einzutragen.

Eine Säulenkathedrale stand wunderlich fremd gegen einen grünlich werdenden Abendhimmel über einer vieldächerigen Stadt. »Esztergom« war auf dem Schild der Brücke zu lesen, von der unsere »Königin Elisabeth« sich eben wieder abstieß. Die Schaufeln schaufelten Wasser, das sich nachgischtend aus seiner graugrünen Eigenfarbe in das intensivere Grün des Himmels umzufärben begann. Die Sonne stand hinter einem Wolkenstreif von delikatem Seidengrau. Die Bugtouristen ermunterte der frischere Abend. Sie sangen in falscher süddeutscher Herzigkeit »Drunten im Unterland«. Voraus wuchsen die Berge.

Ich ging nicht mehr zu meinem Liegestuhl zurück. Das namenlose Mädchen, das Neugriechisch lernte, interessierte mich immer mehr. Altgriechisch war schon schlimm genug.

Nun wurde auch das linke Ufer rot-weiß-grün. In Visegrád kamen lachende, schwatzende Menschen an Bord, Ausflügler eines freien Nachmittags... Die Mädchen sprachen sehr melodisch in der fremden ungarischen Sprache, Studenten in weißen Mützen begannen sogleich zu singen, viel lauter, heftiger und leidenschaftlicher als unsere Touristen, und das Schiff wurde von einer Woge heiterer Fremdheit überspült, die mich noch mehr verzauberte. In diesem Augenblick begann für mich erst richtig das Abenteuer der Reise, das mich zum erstenmal überschauert hatte, als ich in München das Visum »zum Aufenthalt im Königreich Ungarn zwecks Studentenaustausch« in meinen Paß gedrückt bekam.

Die Reling säumte sich mit den frohen jungen Menschen. Ich fand noch einen schmalen Stehplatz am Heck und sah die Sonne wie zum Abendbad errötend in die Donau tauchen. Die Flagge sank am Mast. Das Wasser strudelte in unwahrscheinlichen Farben dem Schiffe nach, von Rosa über Rot bis in tintenblaue und violette Tönungen. Ein Mädchen schob sich neben mich.

»Ihre Freunde werden aufdringlich!«

Mich belastete man mit denen da unten . . .

»Schauen Sie die Farben«, sagte ich, da mir nichts Besseres einfiel.

Und weil ohnedies schon Hand bei Hand auf dem sich abendlich feucht beschlagenden Geländer lag, legte ich meine Hand auf die ihre. Es war ein angenehmes Gefühl, das auch sie zu empfinden schien.

»Wie heißen Sie?« fragte ich.

»Greta!«

»Und?«

»Es ist nicht wichtig . . .! Außerdem habe ich sowieso bald einen anderen Namen. Einen sehr schwierigen.«

Da ihr Gesicht dem meinen nahe war, merkte ich, daß ein sanftes Alkoholwölkchen sie umgab.

»Was meinen Sie mit dem anderen Namen?«

»Ich bin Braut!«

Ich zog meine Hand von der ihren weg. Denn obwohl

dieser Satz wie ein Zitat aus einer Oper geklungen hatte, stürzte er mich in einen Strudel wilder Empfindungen.

»Nun ist alles aus!« sagte ich.

»Was denn?« fragte Greta verwundert.

Ihre rauhe, verhangene Stimme war anders als jede mir bekannte Mädchenstimme.

Dann schloß ich den oberen Hemdenknopf, weil es kühl wurde und meine Mutter mich vor Erkältungen auf dem Wasser gewarnt hatte.

Nun wurde es rasch Nacht. Die Donau färbte sich immer tintiger, obwohl noch ein dünner Streifen verblassenden Brandrots am Westhimmel stand. An Backbord und Steuerbord spiegelten sich die Kajütenlichter auf den Wellen. Ein kleiner Handscheinwerfer blitzte auf, und dem Matrosen, der ihn bediente, machte es Vergnügen, damit das nahe Ufer abzuleuchten und paradiesische Gestalten hinter schützende Büsche und Bäume zu jagen.

»Das Flammenschwert des Paradieses ist elektrisch geworden«, sagte meine neue Bekannte.

Ich verstand sie nicht gleich, und da ihr Gesicht dem meinen sehr nahe war, mußte sie das Nichtverstehen darin gelesen haben.

Eigentlich war mir ihr Gesicht etwas zu nahe. Ich war unerfahren im Umgang mit Bräuten, und meine wachsende Zuneigung zu dem Mädchen, dessen Augen ebenso rasch dunkler wurden wie das Flußwasser, hemmten kategorische Sittengesetze. Trotz der lauen Nacht muß ich ein wenig gezittert haben; denn Greta legte jetzt ihre Hand auf die meine und fragte:

»Frieren Sie?«

Daraufhin zitterte ich noch mehr.

›Ja‹, sagte ich mir, ›wenn sie nicht Braut wäre!‹ Aber

ich weiß heute, daß dann alles genauso gewesen wäre...

»In Zukunft heiße ich«, sagte Greta und nannte einen Namen, der wie Diphtheritis, klang.

Ich ließ ihn mir nicht buchstabieren. An der Gesprächspause danach merkte ich, daß sie erwartete, ich solle sie fragen, wie es dazu gekommen sei. Aber ich konnte nicht fragen.

»Er hat einen Rosinengroßhandel in Athen.«

»Rosinen«, wiederholte ich bitter.

Die Wasserschaufeln blubberten. Aus dem Kasino kam – und es klang seltsam dumpf – ein heftiger studentischer Männergesang. Die deutschen Bugsänger waren auch hinabgestiegen – anscheinend sangen sie jetzt gemeinsam mit den »Kommilitonen«.

»Wie ist denn das gekommen... mit dem Rosinenmann?«

Endlich hatte ich es heraus!

»Da ist gar nichts Besonderes dabei. Vater hat eine Großhandlung. Der andere ist ein Geschäftsfreund. Und ›er‹ ist wirklich ein angenehmer, gebildeter Mann, gar nicht ›balkanesisch‹...«

(Von unten: »Denn keine ist so hübsch und fein wie meiner Wirtin Töchterlein.«)

Ihr letzter Satz schien mir mit Gedankenstrichen gesprochen zu sein, die ich ausgefüllt zu sehen wünschte.

»Und?« fragte ich.

»Und? Nichts und...«

»Und Sie, meine ich?«

»Ich? Mein Gott, vielleicht ist ein bißchen Romantik dabei: Athen...«

(»Denn keine ist aequa-a-lis der filia hospitalis.«)

Jetzt, ich bekenne es, hätte ich sie beinahe an mich

gezogen. Wir waren die letzten Reisenden am Heck, während sich viele schon am Bug drängten, ein angekündigtes Ereignis zu erwarten. Der Handscheinwerfer konnte nicht um den Schornstein herumfassen. Wir wären unbeobachtet geblieben. Aber ich hatte nicht den Mut.

»Wollen wir nicht auch nach vorn gehen?« fragte ich. »Ich glaube, jetzt kommt die Einfahrt nach Budapest.«

Am Ufer sah man ebenerdige Häuschen, aus denen Licht auf die Donau fiel ... Der Matrose Gabriel mußte sich sachlicheren Aufgaben zuwenden und unvorsichtige Ruderboote aus der belebten Fahrrinne verscheuchen.

»Bleiben wir doch noch!«

Die Stimme klang jetzt noch rauher.

»Ich glaube, es ist besser«, sagte ich, »wenn wir jetzt schon unser Gepäck aus der Aufbewahrung holen. Später dauert es dann zu lang!«

»Wenn Sie meinen – –!«

Ich hatte einen der damals üblichen Reisekörbe aus sogenanntem japanischem Stroh, die sehr praktisch waren, weil immer noch etwas hineinging. Der meine sah wie ein beleibter Marienbader Kurgast aus, und außen war obendrein mein Lodenmantel aufgeschnallt. Meine Mutter, die aus einem böhmischen Zipfel der eben verschiedenen Donaumonarchie stammte, glaubte Schulerinnerungen zu haben, denen zufolge in Ungarn die rauhe Bora wehte. Der Lodenmantel war gegen die Bora gedacht. Greta hatte als Handgepäck nur ein elegantes Lederköfferchen.

Nun mußten wir doch nach vorn gehen, um noch ein Plätzchen an der Reling zu finden; denn die Vorstellung, vor der sich der nächtliche Vorhang hob, war so großartig, daß sogar die Visegrád-Touristen aus der ungarischen Hauptstadt sie sich nicht entgehen ließen: die Einfahrt nach Budapest.

Für mich war es schlechthin überwältigend! Krieg, Revolution, Inflation, kalte Studentenbuden, Schiebewurst und verlängertes Rührei (ein Ei, vier Löffel Mehl, viel Wasser), die spanische Grippe (40,9 fünf Tage lang und am sechsten 41,3) – weg, alles weg! Die Sterne fielen vom Himmel auf die Erde, ordneten sich hügelan zu neuen Bildern, Lichtschlangen krochen zur Rechten auf Bergstraßen hinauf – und links die strenge Ordnung marschierenden, paradierenden Lichts. Marschierend im Rhythmus herüberwehender Märsche, die so ganz anders waren als die unseren. Schmeichelnde Märsche, Geigenmärsche mit obligatem Wasserschaufeln, lichtüberglitzert...

Links vielgezackte Gotik als Scherenschnitt gegen den belanglos gewordenen Himmel, rechts eine Königsburg in matten Umrissen. Das übermütige Licht ließ sich auch über das Wasser tragen, von flitzenden Motorbooten und von Ruderbooten in Lampions. Unser Schornstein verbeugte sich vor Brücken, über die wieder Licht marschierte oder sich klingelnd und hupend fahren ließ.

Und rechts von mir die Rosinenbraut! Sie mußte sich an mich drängen, weil nun alle Passagiere an Deck waren. Die Lichtpünktchen spiegelten sich in ihren Augen.

Die Weltstadt Budapest kam mit Licht und Lachen und Musik herrlich auf uns zu.

Nun begannen sie auf der Kommandobrücke Hafen zu spielen – mit klingelnden Maschinentelegraphen, Kommandos, Tuten und stoppenden Maschinen. Es machte wenig Eindruck neben den heiteren Schauspielen des Lichts. Flanierende Menschen, weiße Stühle, Rufe herüber – hinüber, ein Musikkaleidoskop aus vielen Kaffee- und Hotelgärten, durch Cymbalgeschwirr zum Potpourri gebunden.

»Bleiben Sie lange in Budapest?« fragte Greta.

»Zwei Tage! Und Sie?«

»Zwei Tage!«

»Zufall!«

»Zufall?«

»Nicht?« fragte ich hoffnungsvoll. »Sehen wir uns noch einmal?«

»Ja, wo denn?«

Organisation war immer mein schwacher Punkt gewesen, Improvisation mein schwächster.

»Sagen wir morgen abend um acht Uhr an dieser Brücke!«

Als Greta es sagte, waren wir unter einem wunderbar weitgespannten Brückenbogen hindurchgeglitten und von oben mit Lichtkonfetti bestreut worden ...

»Aber – –!«

Ich bekam einen unangenehmen Geschmack in den Mund wie von Rosinen.

»Ach, Sie meinen, mein – –?« Den Bräutigam brachte sie jetzt auch nicht heraus. »Er holt mich doch erst in vier Wochen am Plattensee ab.«

»Wo ist denn das?«

»Auch in Ungarn. Halbrechts unten auf der Landkarte.«

»Ach so, da?«

Als der Kapitän durch sein Megaphon »Budapest« rief, klang es so feierlich und bedeutungsschwer, als habe er persönlich soeben diese Stadt mit all ihrem Zauber gegründet und uns zusätzlich aus finsterer Barbarei zu seiner hellen Lichtreligion bekehrt.

»Budapest!«

Er mußte es zweimal sagen...

Im Strudel der Aussteigenden wurde ich von Greta getrennt. Ungarische Studenten empfingen uns mit Fahnen, Hymnen und Backenküssen.

»Na, mal sehen, was uns die Brüder zu bieten haben!« meinte Rogotzky. »Bißchen überschwenglich!«

Budapest

Am ersten Tag hieß Budapest für mich Schebing. Schebing war an sich keiner von den skatspielenden, trinkenden Rabauken unter den »Kommilitonen«. Er stammte aus einer kleinen Stadt wie ich, hatte große, etwas verhungerte Augen hinter einer nickelgerandeten Brille und fahles Haar. Er hatte sich ein fürchterliches Pensum vorgenommen: a) das Leben, b) die Wissenschaft in vollen Zügen, wie er es nannte, zu studieren. So sang er, mit permanentem Stimmbruch behaftet, forsche Kommerslieder mit und trank mit begüterten Jünglingen »Ex«, »Schmollis« und »werte Angehörige inbegriffen«. Zum Undank nannten sie ihn Schäbig.

An mich schloß sich Schebing an jenem ersten Tage ungarischer Entdeckungen an, weil er mich für den wissenschaftlich Interessiertesten in der studentischen Reisegesellschaft hielt. Er hatte es, wie er mir versicherte, auf Folklore abgesehen, und es gelang ihm, die schöne, prunkende, lebensvolle und lebenstolle Stadt zu einem Museumspräparat zu machen.

Dabei standen seinem Forscherdrang mehr linke Füße entgegen, als er Beine hatte. Sein großer Stadtplan wehte knatternd im Donauwind, sobald er ihn ausbreitete, und ich hatte Mühe, ihn wenigstens Buda von Pest unterscheiden zu lehren. Er wäre sonst vermutlich durch das pusztaflache Pest mit bergsteigerisch durchgedrückten Knien gewandelt und hätte in Budas gewundenen, ansteigenden Gassen mit Häuserecken karamboliert, weil sein Plan schnurgerade, breite Alleen verzeichnete.

Seine dionysische Ader schlug ich an, als ich ihm eine Ausbildungsstätte für Gewerbelehrerinnen, in die sehr hübsche, muntere Mädchen strömten – zugegeben, so etwas hatten wir daheim in diesem Berufszweig selten! –, als ein lockeres Haus erklärte. Neben ihm kam ich mir wie ein ausgekochter Weltmann vor.

Um die Mittagsstunde wurde es heiß. Ich wäre gern am Donaukorso geblieben, von dem aus man das nachts nur geahnte Bild der Budaer Königsburg im hohen Sonnendunst aus dem Strom aufsteigen sah. Schebing aber zerrte mich weiter. Er behauptete, in der Ferne ungarische Trachten zu sehen, die es auszuwerten gelte. Wir liefen der Volkskunst nach, bis wir sie in der Andrássystraße einholten. Sie nahm dort vor dem Königlichen Opernhaus Aufstellung – mit dem Rücken zu der breiten Allee, auf der Equipagen mit goldverschnürten Offizieren, eleganten Frauen und bunt uniformierten Kutschern fuhren. Die Trachtler – wie gut kannte ich sie! – sangen »Nach der Heimat möcht' ich wieder«. Ich hätte ihnen Schebing gern mitgegeben...

Wäre die Nacht nicht gewesen – vielleicht hätte ich von der charmanten Donaustadt für immer ein falsches Erinnerungsbild bekommen, durch die Schebingschen Lebenskoordinaten a) und b) bestimmt. Die Nacht freilich... Doch soweit war es noch nicht. Noch mußte ich auf heißem Pflaster traben und die königliche Stadt im Fassungsbereich einer traurigen kleinen Nickelbrille sehen.

Dennoch kam einmal der Abend, und je mehr er vorrückte, um so stärker wurde für mich die Lockung der Hängebrücke. Als es sechs Uhr schlug, setzte ich Schebing im Pester Prater in eine Gondel des Riesenrades neben ein stämmiges Landmädchen und versprach, ihm mit der nächsten Gondel nachzuschweben. Als ich ihn am himmelnächsten sah, trabte ich unten davon.

Budapest hatte mich wieder. Es gewann seinen Zauber zurück, seinen Duft, seinen Lichterglanz, seine Musik – und an der Brücke würde ein Mädchen mit rauher Stimme auf mich warten. Ich war übermütig vergnügt, als ich mich dem gewaltigen Eisentor näherte. Rosinen? – gleichviel ...

Ich meinte Greta schon von weitem zu sehen. Sie ging langsam auf und ab – unverkennbar ihre grazile Figur! Es machte mich ein bißchen eitel, daß sie fast eine Viertelstunde vor der vereinbarten Zeit da war.

Mit schlenkerndem Schritt ging sie eben wieder flußwärts, als ich von der Pester Seite herankam.

»Hallo!« rief ich und legte ihr eine Hand auf die Schulter.

Sie war anders angezogen als am Vorabend – eleganter, verwegener. Und das meinetwegen! Sie drehte sich um, hakte sich bei mir ein und übergoß mich mit einem Wortschwall. Mit ungarischen Worten! Es war nicht die Rosinenbraut – es war ein grell geschminktes Wesen mit tiefen Schatten unter den Augen ...

»Und wegen so was läßt du mich nun im Riesenrad sitzen«, sagte Schebing, der plötzlich neben mir stand, mit abgrundtiefer Verachtung.

Ich hätte meinen Retter segnen mögen, denn die Geschminkte ließ sogleich von mir ab.

Aber jetzt hatte ich wieder Schebing auf dem Hals! Er

folgte mir, als ich ihm sagte, ich wollte mir die Elisabethbrücke ansehen. Er schien durchaus bereit, mein schnödes Verhalten im Prater zu verzeihen.

Wenn Greta drüben wartete – am anderen Brückenende? Wir hatten in der Eile nicht vereinbart, ob wir uns am Pester oder am Budaer Ende träfen. Also hinüber nach Buda! Keine Greta! Links nicht – rechts nicht. Zurück nach Pest. Der kurzbeinige Schebing jachterte hinter mir drein. Er hatte die Brückenfolklore satt. Auf der Pester Seite links keine Greta. Es war schon halb neun.

Rechts stand immer noch die Geschminkte auf Posten. Nein, es war ein Doppelposten. Jetzt schritt eine zweite Dame wartend auf und ab – in der Gegenrichtung. Das Ganze sah aus wie die Wache vor einem Schloß oder einem Generalkommando. Die zweite war Greta . . .

Nun konnte nur eine tollkühne List helfen. Ich zog Schebing an das Brückengeländer und blickte mit ihm auf die Donau hinab. Ich deutete auf allerlei Sehenswertes, auf Schiffe, Burgen, Parlamente. In seinen Brillengläsern spiegelten sich die Lichter, die stehenden und die fahrenden – und in dem gewölbten Glase erschienen auch die stehenden in tanzender Bewegung. Die fahrenden Lichter: das waren die Autos, die Straßenbahnen hinter uns.

Da kamen zwei Bahnen gleichzeitig, in entgegengesetzter Richtung. Ich sprang vom Geländer weg, wand mich zwischen den Straßenbahnen hindurch, hörte ein Durcheinander von Klingeln, Gehupe, Bremsengekreisch. Ich war drüben, packte Greta am Handgelenk.

»Schnell!« rief ich und zerrte sie weg.

»Um Gottes willen, was ist?«

»Wir werden verfolgt!«

Wir rannten über den Korso. Ich zog das Mädchen an der Hand hinter mir her.

»Verfolgt? Was heißt denn das?«

»Einer von den Kommilitonen!«

Endlich lehnten wir an der Seitenmauer eines großen Hotels. »Komm mit nach Varasdin«, klang Zigeunermusik in die stille Gasse herüber.

Das Mädchen neben mir blickte mich kühl und fremd an. Sie sah anders aus als auf dem Schiff: kein Mädchen mehr, eine sehr gepflegte junge Dame.

»Entschuldigen Sie, daß ich mich ein bißchen verspätet habe«, sagte die Dame höflich.

Ihre Kühle kühlte auch mich ab, so daß ich fragte: »Warum wollten Sie sich eigentlich mit mir treffen?«

»Warum? Ich habe nun einmal diesen freien Abend in Budapest. Allein herumzigeunern mag ich nicht. Na, und die andern auf dem Schiff...!«

Ich durfte also den Bärenführer für eine junge deutsche Dame abgeben, die sich Budapest bei Nacht ansehen wollte! Und immerhin kam ich ihr noch erträglicher vor als die Rogotzkys, Schebings und Genossen. Ich war wirklich nahe daran, zu Schebing zurückzulaufen und ihn für meinen zweiten Verrat um Verzeihung zu bitten, als Greta sagte:

»Gehen wir doch in ein nettes Weinlokal!«

»Ich habe nicht genug Devisen.«

»Darf ich Sie einladen?«

Ich lehnte dankend ab – um einige Grade unfreundlicher, als ich es einer Ausländerin gegenüber gewesen wäre. Noch besaß diese da nicht die griechische Staatsangehörigkeit...

»Unsinn! Kommen Sie!« sagte sie und hakte sich ebenso bei mir unter wie vorher die andere.

Und doch war das hier anders als bei der andern. Netter. Irgendwie kameradschaftlich. Ich spürte es.

Mein Stolz und mein Trotz schmolzen. Budapest wurde mit einemmal wieder ganz Licht und Musik wie gestern abend.

»Gestern abend hat es begonnen«, sagte ich.
»Heute abend fängt es an!« sagte Greta.

Die schöne Liebesnacht

Es war hübsch, sie im Licht der bunten Lampions zu sehen. Über uns hing ein blaues mit einem gelben Viertelmond. Aber wenn Greta sich mir zuwandte, warf auch die rote Papierkugel ihren milden Schein auf das Gesicht des Mädchens.

Ja, es wurde jetzt wieder ein mädchenhaftes Gesicht. Der Wein – »Plattenseer Riesling«, sagte der Kellner in drolligem Deutsch – löste die damenhafte Strenge.

»Ist Ihre Stimme immer so ein bißchen rauh?«
»Ist sie das?«
»Ja. Es ist mir schon auf dem Schiff aufgefallen.«
»Komisch, man sieht sich erst im anderen.«
»Wie muß ich mich sehen?«
»Ihr Männer bildet euch ja immer gleich was ein...«
Jetzt bildete ich mir wirklich etwas ein.
»Wenn er uns jetzt so sähe!«
»Wer?«
»Der Rosinenmann...«
»Bitte, wollen wir jetzt nicht davon sprechen. Das soll heute nacht mein Abschied sein!«
»Wovon?« fragte ich erschrocken.
»Von der Jugend. Von Deutschland...«
Das klang ein bißchen resigniert, nicht gerade heiter.

Ihr Gesicht wirkte jetzt auch blasser, weil sie von mir wegschaute, ins Licht des blauen Ziehharmonika-Lampions.

»Sehen Sie mich lieber wieder an!«

»Warum soll ich Sie *lieber* ansehen?«

Durch die Betonung des »lieber« gab sie dem Satz einen andern Sinn.

»Weil hier das Licht vorteilhafter ist!«

»Wenn ich Sie ansehe, stehe ich für Sie in einem vorteilhafteren Licht! Na schön...«

Sie sah mir fest ins Gesicht, ein bißchen spöttisch. Wie hübsch sie war! Auf dem Schiff hatte ich das gar nicht gleich bemerkt.

»Wissen Sie, daß das schon die dritte Karaffe Wein ist?«

»Na, und?« fragte sie zurück. »Ich habe wirklich genug Devisen.«

»Ich muß aber um zehn im Quartier sein.«

»Warum?«

»Weil dann zugeschlossen wird!«

»Und wenn Sie nicht daheim sind, wird nicht zugeschlossen?«

»Doch!«

»Na also!«

Ich brauchte einen Moment, um den Zusammenhang zu begreifen. Dann lachte ich. Sie lachte auch.

»Pedant«, sagte sie.

»Es geht aber doch nicht, daß Sie alles bezahlen!«

»Sie sollten mal sehen, was passiert, wenn ich nicht alles bezahle.«

Ihr war nicht beizukommen. Sie war soviel gewandter als ich – und soviel reifer. »Wie alt sind Sie eigentlich?«

»Oh, Sie Kavalier der neuen Schule! In zehn Jahren

würde ich Ihnen die Wahrheit nicht mehr sagen... Neunzehn!«

»Ich bin einundzwanzig!«

»Sie Kind!«

Zwei Jahre älter als sie, das heißt, ich würde es erst in einem Monat sein – und sie tat mich so ab! Ich bewies ihr meine Überlegenheit, indem ich ihr kunsthistorische Stilerkenntnisse zu erklären begann, die mich eben in Wölfflins Münchener Kollegs begeistert hatten.

»Na, prost!« sagte sie und stieß mit mir an.

Daraufhin blieb mir die Bedeutung des linearen Palladio im Halse stecken, weil ich ihn mit Plattenseewein hinunterspülen mußte.

Jetzt kamen immer mehr Leute in den Garten. Ein Glück, daß wir einen so winzigen Tisch hatten! Aber der Kellner schleppte immer mehr Tische herbei, und am Ende waren wir ganz eingezwängt und stießen mit den Knien gegeneinander. Um diese Zeit ging man daheim in »gutbürgerlichen Lokalen« längst nach Hause.

»Zigeiner fangt bald an«, sagte der geschäftig rennende, schwitzende kleine Kellner.

Als der Primas – ein fetter Herr mit einer pomadisierten Stirnlocke – die Geige ans Kinn hob, begann für mich eine akustische Verzauberung, die allen optischen Zauber vom Vorabend übertraf. Man verstand sich hierzulande aufs Stimmungmachen. Als das große Konzert anfing – die Zigeuner spielten pausenlos und ohne Noten ein einziges, endloses Lied, schwermütig, sehnsüchtig, werbend, heiter, frech, wild –, da löschte man die letzten grellen Lampen im Weingarten, und es blieben nur noch die Lampions unter den hohen, breitästigen alten Kastanien.

»Es ist zehn«, sagte Greta, »das heißt, sogar zehn Uhr zehn!«

»Hm?«

»Zehn Uhr, Herr stud. phil.! Quartier zu! Fermé! Chiuso! Auf ungarisch weiß ich noch nicht, wie's da heißt.«

»Mein Gott – und ich habe nicht einmal meinen Mantel mit.«

»Meiner ist weit. Wir werden ihn auseinanderschneiden. Die heilige Martina . . .«

»Ach, Fräulein Greta!«

»Lassen Sie das ›Fräulein‹ weg!«

»Greta . . .«

»Wie heißen Sie eigentlich mit Vornamen?«

»Mein eigentlicher Vorname ist nicht schön. Ich habe ihn nach einem Taufpaten bekommen. Mit dem zweiten Vornamen heiße ich Andreas.« Die Zigeunerbande schmolz in Schwermut, die mich ansteckte.

»Es ist ein Kreuz mit Ihnen, Andreas«, seufzte Greta.

Am Nebentisch begannen sie zu singen. Ein Offizier warf heftige Blicke auf meine Begleiterin, die mir teils schmeichelten, teils mich ärgerten. Einmal rief er etwas zu uns herüber. Ich antwortete mit »Nem tudom«. Das war das erste ungarische Wort, das ich gelernt hatte. Es schien mir anwendbar, weil es hieß »Ich kann nicht«, und man brauchte es, wenn man sagen wollte, daß man nicht magyarisch reden könne. Aber am Nebentisch lachten sie darüber, und als die Zigeuner in einen Marsch übergingen, sang der Leutnant im Takt mit: »Én nemtudom – én nemtudom!« und trommelte dazu rhythmisch auf den Tisch.

»Jetzt sind Sie ganz blau«, rief ich Greta zu.

»Oh, wirklich? Schon beim fünften Viertel?«

»Ich meine doch vom Lampion. Weil Sie mich nicht genug ansehen.«

»Muß ich's immer so machen?«

Sie kam mit ihrem Gesicht so dicht an mich heran, daß ihre Nasenspitze beinah an meine stieß.

»Jetzt haben Sie eine rote Nase!«

»Danke! Zahlen...!«

Wir zahlten nicht. Wir blieben noch volle vier Stunden. Der Zigeunerprimas ging herum und ließ sich an den einzelnen Tischen Lieblingslieder nennen, die er den Damen ins Ohr spielte. Manche Herren gaben ihm dann, wie ich bemerkte, ziemlich große Scheine. Als der Primas auch auf uns zusteuerte, rief ihm der Leutnant von nebenan parodierend zu: »Én nemtudom« und flüsterte noch ein Wort, das ähnlich klang. Ich erfuhr später, daß es »német« hieß: »Deutscher«. Da beugte sich der Geiger dicht an Gretas Ohr, daß die Öllocke es beinahe berührte und sie sich wieder ein wenig ins Blaue abwenden mußte, und er spielte mit innigem Schmelz: »Im Grunewald, im Grunewald ist Holzauktion«.

»Das hat mir gerade noch gefehlt«, sagte Greta und lachte mir zu.

Aber ich bewunderte doch, wie der geölte Geiger aus dem abgeklapperten Schlager allmählich einen rassigen Csárdás werden ließ, den er in einem Ton, hoch und spitz wie ein Vogeltriller, enden ließ.

Während seine Kapelle in einem unbestimmten musikalischen Wellengeplätscher weiterwurstelte, verbeugte sich der König der Geige vor mir wie vor einem siegreichen Souverän, indem er den Geigenbogen gleich einem Degen senkte. Ich gab ihm meine ganzen fünfzig Kronen, die ich am Vormittag eingewechselt hatte.

»Du bist ja verrückt!« sagte Greta, als der Primas sich anschickte, einen neuen Tisch gemütvoll abzurahmen.

»Jetzt haben Sie ›du‹ gesagt«, triumphierte ich.
»Verrückt bist du trotzdem!«
»Dann sage ich auch ›du‹ zu Ihnen.«
»Uff!« antwortete sie bloß.
Sie liebte es offenbar nicht, wenn man spontane Handlungen programmatisch ankündigte.
Es war halb drei Uhr morgens. Die Lampions waren ausgebrannt, und ein fahles Morgenlicht schimmerte durch das Kastaniengeäst. Wir waren die letzten Gäste, aber die Zigeuner spielten noch immer – für uns allein ... Sie spielten »Trink' ma noch 'n Tröpfchen«, »Das ist die Berliner Luft, Luft, Luft« und »Die Uhr« von Loewe: »Ich trage, wo ich gehe«. Sie spielten alles das, was bei einem Zigeunerprimas für deutsche Volksmusik gelten mochte. Greta suchte möglichst heimlich zu bezahlen; denn wir wollten uns fortschleichen, ehe noch die Uhr des guten alten Loewe von selber stehengeblieben war ...
Aber ein Primas ist nicht nur hellhörig, sondern auch hellsichtig. Als wir – getreu der deutschen militärischen Devise – getrennt durch den Garten marschierten, um uns auf der Straße wieder zu vereinen, folgte der treue Musikant. Vor dem Garten gab ihm Greta einen Schein. Ich erkannte, daß es auch fünfzig Kronen waren.
»Siehst du!« sagte ich schadenfroh.
»Wir werden ihn sonst nicht los ...!« flüsterte sie zurück.
Aber ein deutsches Mädchen – auch wenn es Neugriechisch lernte – verstand offenbar noch weniger von der Psychologie ungarischer Zigeuner als ich vom Seelenleben der Frauen. Unsern Primas hatten wir durch den königlichen Lohn so beglückt, daß er uns fiedelnd folgte.

Seine Auswahl an deutschen Volksliedern schien unerschöpflich zu sein.

Wir kamen auf den breiten Donaukorso, der nun verödet lag. Nur ein alter Mann war da, der die weißen Stühle abwischte, die man tagsüber mietete, wenn man das bunte Korsotreiben an sich vorüberflanieren lassen wollte.

Ein fröstliges Licht war über dem Strom, und nur auf dem Budaer Ufer brannten noch ein paar trübe Lampen. Aus dem Schornstein eines weißen österreichischen Passagierschiffes, das »Franz Schubert« hieß, stieg ein dünnes Rauchwölkchen. Der Primas, als habe ihn der Name angeregt, spielte hinter uns drein: »Ich schnitt es gern in alle Rinden ein«.

»Wir werden wahrscheinlich noch ein Strafmandat kriegen«, sagte ich ärgerlich.

»I wo! So was ist hier wahrscheinlich üblich!«

»Aber ich möchte lieber mit dir allein sein . . .«

»Schick ihn doch weg! Schick ihn doch weg!«

An der Wiederholung des Satzes erkannte ich, daß Greta einen kleinen Schwips hatte. In ihren Augen war etwas Sonderbares. Sie war keine große Dame mehr, aber auch kein Mädchen mehr. Was sie jetzt eigentlich war, hätte ich gern gewußt.

»Ksch!« machte ich zu dem Primas hin, mit einer Bewegung, mit der man bei uns zulande Hühner wegzuscheuchen pflegt. Auf ungarisch gab es aber diese Bewegung wahrscheinlich nicht; denn der Geiger folgte uns mit ergebenem Untertanenblick. Er spielte jetzt »Komm in meine Liebeslaube«.

»Komisch«, sagte Greta und kickste beim Lachen.

»Ich finde es gar nicht komisch. – Es ist auch reichlich kalt.«

»Soll ich dir warm machen...?«

»Danke!« sagte ich zu dem Zigeuner. »Schluß! Abfahren!«

Der Primas lächelte so ölig, wie seine Locken waren, und trabte weiter mit Hundeaugen hinter uns drein. Schebings Sturheit war nichts dagegen.

Auf der Elisabethbrücke: »Hab'n Sie nicht den kleinen Cohn gesehn«. Am jenseitigen Donauufer: »Ja, das haben die Mädchen so gerne«.

Galgenhumor packte mich.

»Hast du das wirklich gerne, Greta?«

»Stell's doch ab! Ich finde es irrsinnig komisch. Irrsinnig komisch.«

Sie war reizend beschwipst...

Wir gingen unter einem blaßrosa Himmel in einer engen, völlig menschenleeren Straße von Buda unter den Klängen des Marsches »Fridericus Rex«. Greta nahm unwillkürlich den strammen Marschrhythmus auf. Mir war das Heulen nahe.

Ich war ein Pechvogel. Allein in einer fremden Stadt, in stillen Straßen, mit dem bezauberndsten Mädchen von der Welt – dazu hatte ich Greta inzwischen ernannt –, und ich wurde durch ein Potpourri deutscher Armeemärsche (auf den »Fridericus« folgte pausenlos der »Pariser Einzugsmarsch«) an Erlebnissen gehindert, die neu, süß und einmalig hätten sein können.

Das Mädchen muß das stumme Flehen in meinen Augen verstanden haben, denn sie machte eine zarte Bewegung mit der Schulter, die ganz Resignation war und ganz Einverständnis gewesen wäre. Sie blieb vor einem großen alten Haus mit einem barocken Toreingang und schweren Messingklinken stehen.

»Hier wohn' ich, Andreas!«

»Und jetzt?«

»Muß ich hinaufgehn!«

»Darf ich mit?«

»Was denkst du denn! Es ist ein streng christliches Heim. Vater hat es vorsorglich vorausbestellt.«

»Wenn ich aber ein Heide bin?«

»Das glaub' ich dir am allerwenigsten – Also dann tschüs!«

»Greta – –!«

Sie hatte schon geklingelt, und der Portier öffnete. Greta zuckte mit den Achseln und schloß langsam, sehr langsam die Tür mit der Messingklinke. Zwischen dem Türspalt sah sie mich noch einmal an, mit einem unergründlichen Blick, ehe sie die Tür – noch langsamer – ins Schloß gleiten ließ.

»Greta!« rief ich verzweifelt. »Sehen wir uns morgen noch einmal?«

»Nein, ich muß weg.«

Diesmal sagte sie den Satz nicht zweimal. Sie war wohl ebenso nüchtern geworden wie ich. Stocknüchtern. Ich hörte, wie drinnen der Schlüssel umgedreht wurde.

»Steck mir doch schnell noch deine Adresse durch.«

Ihre Finger kamen durch den Briefkastenschlitz. Ich schrieb ein langes, gräßlich albernes Wort auf einen Zettel: Hódmezővásárhelykutasipuszta – das war mir heute als künftiger Aufenthalt zugewiesen worden –, dann schob ich den Zettel durch den Schlitz. Ihre Hand traf die meine. Unsere Finger küßten sich.

Ich blieb noch eine Weile stehen, dann ging ich weg, im Geschwindschritt. Der schreckliche Fiedler folgte mir. Er stimmte die »Barcarole« aus »Hoffmanns Erzählungen« an. Ich lief schneller. Der dicke Mann rannte mir nach, ohne abzusetzen »Schöne Nacht, du erste Liebesnacht!«.

Wenn ich mich nicht so elend gefühlt hätte, würde ich sein albernes Gegeige als einen sportlichen Rekord bewundert haben.

Das Studentenheim, in dem wir wohnten, lag nahe der Donau. Es war noch geschlossen, als ich hinkam. Ich fand keine Glocke daran und setzte mich auf die steinernen Stufen. Mein Primas, der offenbar auch müde zu werden begann, variierte unentwegt seine Liebesnacht und sah mich dabei mit trinkgeldhungrigen Blicken an.

Um sechs Uhr wurde das Heim geöffnet. Einige »Kommilitonen«, die es gewußt hatten, kehrten jetzt zurück. Der erste war Schebing. Er sah verschwiemelt aus und würdigte mich keines Blickes durch seine Nickelbrille, als er an mir vorüber kurzbeinig ins Haus stürmte. Nicht einmal die folkloristische Musik brachte ihn zum Verweilen.

Während ich noch darüber nachdachte, wie ich beim Eintreten den schrecklichen Geiger abstreifen könnte, kam Rogotzky. Er sah, trotz einer durchwachten Nacht, frisch und blühend aus.

Rogotzky erblickte den Geiger mit den winselnden Augen, pfiff durch die Zähne, machte eine herrische Bewegung mit dem Daumen über die Schulter hin – und weg war die Liebesnacht mitsamt ihrem Produzenten...

»Tolle Stadt, dieses Budapest«, sagte Rogotzky mit breitem Lachen, als er neben mir die Stufen hinaufging.

»Ja, toll« antwortete ich.

»Gastfreindschaft«

Auf einmal war alles weg: Rogotzky, Schebing, die »Kommilitonen« – dazu Budapest mit dem Parlament, der Königsburg, dem Donaukorso, den Hotels, den Kaffeehäusern, den Zigeunern. Gott sei Dank, mit den Zigeunern...

Nur ich war noch übriggeblieben. Ich und mein kugeliger Reisekorb im Gepäcknetz und ein Zettel mit einem lächerlichen, unaussprechbaren Namen in meiner Tasche.

»No, wo fahrst du hin?« fragte ein gewaltiger Mensch mit einem Schnauzbart und einer goldenen Doppel-Uhrkette, der neben mir am Fenster saß.

Ich mußte mich jedesmal über seine umfangreiche Leiblichkeit hinwegbeugen, wenn ich hinausschauen wollte; denn alle Fensterplätze waren schon besetzt gewesen, als ich einstieg. Die meisten Passagiere waren Bauernfrauen mit leeren Tragkörben, die von den Budapester Markthallen in ihre Dörfer zurückfuhren. Nur schräg gegenüber am anderen Fenster saß eine Dame, die ihre erste Jugend hinter sich hatte und unbegreiflich geringelte Strümpfe trug.

Daß der Hüne mich duzte, verdroß mich. Daß er mich deutsch anredete, war mir nicht unangenehm. Ich war

39

übermüdet und fühlte mich elend. Erst die Sache mit Greta – und jetzt in dieses unbekannte Dingsda reisen ... Ich hielt dem Dicken den Zettel hin. Er warf einen Blick darauf, runzelte seine Stirn und sagte seufzend:

»Ujäh!«

»Ist es dort nicht schön?« fragte ich beklommen.

»Nicht scheen«, höhnte er. »Ist scheißlich!«

Ich sackte noch mehr in mich zusammen. Am liebsten wäre ich auf der Stelle umgekehrt. Zu Greta. Aber die war am Plattensee, und ich wußte nicht, wo. Ich wußte ja nicht einmal, wie sie hieß. Ich wußte nur, daß sie nicht Kützner hieß und in ein, zwei Monaten ähnlich wie »Diphtheritis« heißen würde.

»Weißt du, was auf deitsch bedeutet? Das da!«

Der Gewaltige hieb mit dem dicken Zeigefinger auf den Zettel.

»Nein«, antwortete ich.

»Bieberfeldmarktplatzbrunnenheide! Jetzt kannst du dir vorstellen.«

Ich konnte mir nichts vorstellen, was wie Bieberfeldmarktplatzbrunnenheide aussah.

»Hódmezővásárhelykutasipuszta liegt bei Hódmezővásárhely – das heißt bei Bieberfeldmarktplatz.«

»Ist Hódmezővásárhely wenigstens hübsch?«

»Ein hundsmiserables Saudorf – – ein ganz – no, wie sagt man, wann Tiere so hinten hinauslassen?«

»Beschissen«, flüsterte ich, denn ich hatte Angst, der Dame am Fenster stieße etwas zu, wenn sie das Wort vernähme.

»No ja, natürlich«, nahm der Magyar dröhnend sein Thema wieder auf, »ein beschissenes Saudorf ist Hódmezővásárhely.«

40

»Und das andere – –?«
»Hódmezövásárhelykutasipuszta!«
Wie vehement er das Wort herunterrasselte!
»Neben Hódmezövásárhelykutasipuszta ist Hódmezövásárhely einfach ein Debrecen.«
»Aha«, sagte ich; denn ich konnte mir unter Debrecen ebensowenig vorstellen wie unter Bieberfeldmarktplatzbrunnenheide.
»Du weißt doch, was Debrecen ist?«
Der Kerl blieb unerbittlich.
»Debrecen ist einzige Stadt in Ungarn!«
Ich kam aus Budapest und hatte vorgestern nacht das glorreiche Lichterschauspiel miterlebt und in der gestrigen Nacht die auf zauberhafte Weise verunglückte Liebesstunde. Ich war Budapest ein Bekenntnis schuldig.
»Am schönsten ist natürlich Budapest«, sagte ich.
»Pest?« fragte er rhetorisch, indem er Buda einfach von der Landkarte ausradierte und einen bedrohlich roten Kopf bekam: »Pest ist neben Debrecen ein . . .!«
»O ja«, sagte ich rasch, »das ist es sicher«; denn ich wollte verhindern, daß er angesichts der geringelten Dame nochmals sein landwirtschaftliches Vokabular ergösse. Aber er war nun einmal im Zuge.
»So gibt man dir da zu fressen!« – er machte den Nagel seines kleinen Fingers zu einer Budapester Bratenplatte. »Und bei uns kannst du dich herausfressen: So!« Er deutete die doppelte Stärke seines eigenen beachtlichen Umfangs an. »Komm nach Debrecen. Bist mein Gast.«
»Oh, danke, das kann ich gar nicht annehmen«, sagte ich auf zimperliche, konventionelle deutsche Weise.
Aber hierzulande schien man nicht so förmlich zu sein.

»Du mußt«, sagte er. »Du bist nicht in Ungarn gewesen, wenn du nicht warst in Debrecen! In Hódmezövásárhelykutasipuszta wirst du krepieren vor Langeweile. Verhungern ...«

Hübsche Aussichten waren das!

»Aber in Debrecen – da ist Puszta. Letzte große Puszta von Ungarn.«

»Ich fahre doch auch nach ...!« wagte ich zu bemerken und deutete auf das Wort, das mit, »- puszta« aufhörte.

»In Hódmezövásárhelykutasipuszta ist aber keine Puszta!« rief der Mann aufgebracht, als habe er eine neue kopernikanische Wahrheit gegen Ketzerrichter zu verteidigen. »In Hódmezövásárhelykutasipuszta« – ich bewunderte immer wieder seinen zungenbrecherischen Wagemut – »ist Korn, Weizenkorn, Kukuruz, Gras für Vieh, aber nirgends Puszta.«

»Und was ist Puszta?«

»Er weiß nicht, was Puszta ist« – mein Partner schaute sich in der Runde um, als wollte er das Maß meiner Dummheit in den Gesichtern der Reisenden gespiegelt finden. Aber nur die Dame lächelte matt. Die Bauernfrauen schliefen oder dösten vor sich hin. Sie mußten schon vor vier Uhr aufstehen, wenn sie rechtzeitig in der hauptstädtischen Markthalle sein wollten.

»Puszta ist nix.«

»Nix – –?«

»Ja, oben Himmel – unten nix. Und da drauf Pferde und Csikosse! Großortig, sag' ich dir!«

Ich gab dem reizbaren Herrn zu, daß Nichts mit Pferden und Csikossen darauf großartig sei, aber daß Csikosse ungarische Pferdehirten sind, ließ ich mir erst später erklären. Ich wollte es nicht riskieren, mich und mein

Vaterland noch einmal vor einem ganzen Abteil dritter Klasse in Südungarn zu blamieren.

Dieses Südungarn zog indessen an den Fenstern vorbei, und ich fand es wunderschön, obwohl nirgends »nix« war. Aber die Maisfelder standen hoch und waren von Sonnenblumen eingesäumt, richtigen leuchtenden Sonnenblumenzäunen. So etwas Schönes hatte ich bisher noch nie gesehen. Die Höfe waren grellweiß und oft von Bäumen umgeben – und immer war ein Ziehbrunnen dabei, mit einem langen schwarzen Hebearm.

Manchmal hielten wir vor einem Bretterhäuschen, und da war kein Ort, um deswillen eigentlich ein Zug hätte halten müssen – nur die weißen Höfe, weit auseinanderliegend, mit denen das ganze Land betupft schien. Und über diesem unendlich weiten, tischflachen Bauernland zogen geruhsam mächtige weiße Wolken: Tiere, Schiffe mit geblähten Segeln.

Ich wurde noch müder, als ich in die ziehenden Wolken starrte, und wahrscheinlich bin ich dann – es war ein heißer Nachmittag – plötzlich eingeschlafen. Denn mit einem Male lag Greta in meinen Armen, und auch der Primas war wieder dabei und spielte von der schönen Liebesnacht. Und Greta rieb ihre Nase an der meinen und sagte: »Erschlag ihn doch, er ist ein Csikos!« Da nahm ich ihm den Fiedelbogen weg und erschlug ihn damit.

Als ich erwachte, hörte ich noch meinen eigenen letzten Schnarchröchler und fand mich auf der Schulter des dicken Herrn.

»Host du geschlafen?« fragte er milde.

»Ja«, sagte ich, »ich habe von einem Csikos geträumt!«

»Das ist ein schönes Traum«, sagte er anerkennend.

Es war aber nur teilweise ein schöner Traum, und ich fühlte mich müder als zuvor und sogar ein wenig schwindlig. Doch als ich das Fenster öffnen wollte, um in das schwüle Abteil etwas frische Luft hereinzulassen, hielt mich mein Nachbar entsetzt zurück.

»Bei ungarische Lokomotivkohle kannst du keinen Fenster öffnen«, sagte er diktatorisch. »Mist von Kamelen.«

»Gibt es Kamele in Ungarn?« fragte ich, von romantischen Empfindungen bewegt.

»Nur in Regierung!«

Mein Debrecener war offenbar auch politisch ein Oppositioneller.

Gerade als ich anfing, den dicken Herrn amüsant zu finden, rüstete er zum Aufbruch. Er hatte einen Spankorb bei sich und einen Spazierstock mit einem offenbar scharf geschliffenen Messingbeil als Griff. Die törichte Frage, ob denn nun die Station Debrecen käme, hätte ich mir sparen sollen; denn sie verwundete sein Herz aufs neue.

»Kiskunfélegyháza!« sagte er dumpf; »auf deitsch Kleinerkohnhalbeinhaus.«

In »Kleinerkohnhalbeinhaus« hielt der Zug etwas länger. Ich ließ nun doch das Fenster herab. Mein Freund winkte noch einmal zurück:

»Vergiß nicht, komm nach Debrecen!«

Ich versprach eifrig, es nicht zu vergessen . . .

Ein schrilles Durcheinanderrufen war auf dem Bahnsteig, und Menschen rannten aufgeregt umher. Ich verstand nicht, was sie riefen, und meinte erst, es ginge um Extrablätter mit irgendeiner Katastrophennachricht. Aber dann sah ich, daß allenthalben leckeres Gebäck oder Wasser zu den Abteilfenstern hinaufgereicht wurde, als sei der Zug nach einer langen Wüstenfahrt in einer Oase angekommen.

Die Wasserverkäufer hatten einen Krug und ein Glas. Sie gossen das Glas aus dem Krug voll, verkauften die köstliche Labe für fünf Fillér, taten eilig weitere fünfzig Tropfen Wasser in das Glas – schwubb damit über den Bahnsteig (das war die Hygiene) – und schon stand wieder für fünf Fillér Erfrischung bereit.

Das reizende Spiel fand erst sein Ende, als der Schaffner auf einem hübsch geschwungenen Hörnchen – einer Art embryonalem Waldhorn – blies und das Zeichen zur Abfahrt gab. Schon spie auch die Lokomotive pechschwarze Gewölke aus. Es wurde Zeit, das Fenster wieder zu schließen.

Jetzt nahm ich den Platz des dicken Herrn ein. Die Dame mit den Ringelstrümpfen lächelte mich wohlwollend an.

»Ein echter alter Ungar!« sagte sie und deutete mit der Hand nach »Kleinerkohnhalbeinhaus« zurück. Sie hatte ihm also das ordinäre Wort nicht übelgenommen.

»Ist es wirklich so schlimm mit dem – ich meine, da, wo ich hin soll?« wagte ich zu fragen.

»Schlimm?« Das Folgende jauchzte die Dame förmlich: »So lieb ist es. Der schönste Gemeinde im ganzen Ungarland!«

Also war doch nicht Debrecen »der schönste«.

»Und kennen Sie auch das ohne das?«

Die Dame sah mich etwas ratlos an.

»Ich meine, die vordere Hälfte von dem Ort.«

Wieder deutete ich auf meinen Analphabetenzettel.

»Ach, Hódmezövásárhely meinen Sie?« – auch sie konnte das wieder so geläufig aufsagen. »No, was denn! Das ist noch viel schöner als wie Hódmezövásárhelykutasipuszta – und das ist schon sehr schön. Da wohnen wir ja, in Hódmezövásárhely, mein lieber Gémahl«, sie legte großen Wert auf die erste Silbe ihres Mannes, »und ich! Sie müssen unser liebes Gast sein, ja bittä?«

Erschrocken versprach ich, auch dieser Einladung Folge zu leisten.

Ich wußte damals noch nicht, daß man in Ungarn mit keinem Menschen bekannt werden kann, ohne von ihm in den ersten zehn Minuten für ein paar Tage, Wochen, Monate, Jahre oder auf Lebenszeit eingeladen zu werden. Noch heute, nach über dreißig Jahren, wundere ich mich, daß ich damals je wieder nach Deutschland zurückgekommen bin. Die Gastfreundschaft war zu überwältigend...

»Mein Gémahl ist Pfarrer in Hódmezövásárhely, Sie müssen wissen...«, erläuterte die Dame mit den Ringelstrümpfen weiter.

Natürlich mußte man das wissen, wenn man dort Besuch machen wollte. Aber Pfarrer? War man denn hierzulande nicht mehr katholisch wie in Budapest? Ich fragte danach.

»Mein Gémahl« – die Ringelbestrumpfte benutzte in ihrer Rede das alte homerische Wirkungsmittel der Wiederholung – »ist bei der unitarischen Kirche. Protéstant.«

Diesmal legte sie den Ton auf die zweite Silbe. Der Protest ihrer mir noch unbekannten Konfession kam dadurch recht hübsch zur Geltung. Ich versprach, so bald wie möglich im unitarischen Pfarrhaus aufzukreuzen.

»Bald? Heite! Heite noch werden Sie unser liebes Gast sein. Mein Gémahl, was leider spricht nur ungarisch, wird Sie sehr lustig haben!«

»Greta!« flüsterte ich wie in einem Stoßgebet, »ich hätte mit dir zum Plattensee fahren sollen. Alles über Bord werfen – alle studentische Organisation und diesen Zettel mit dem schrecklich langen Wort dazu und mit dir kommen, ganz egal, was daraus werden sollte. Rogotzky hätte das getan – und Schebing vielleicht auch. Nur ich – Muttersöhnchen! Kleinbürger! (was noch alles schalt ich mich!) –, ich hab' nicht den Mut zum Glück und lasse mich lieber von einem Gémahl ›lustig haben‹...«

»Nein«, sagte ich nach dem Stoßgebet beherzt. »Ich werde heute noch von den Herrschaften in Dingsda erwartet!«

Ich hielt der geringelten Dame meinen schon so oft benutzten Zettel vor die Augen.

»Von den Csikys?« Wieder ertönte der Jauchzer aus ihrem Mund. »Das sind unsere besten Freinde!«

Ich wußte nicht, daß es in Ungarn immer »die besten Freinde« sind...

»Wir werden ihnen heute abend anbetelephonieren« (mit welcher Eleganz die Dame auch deutsche Worthürden nahm!) »und ihnen sagen, daß Sie sind unser liebes Gast. Und sie werden Ihnen später einmal abholen. Also, hinabgemacht?«

»Abgemacht!« wiederholte ich etwas kürzer. »Und wie sind die da – diese Csikys?«

»Die bezauberndsten Menschen von ganz Ungarn!« Immer waren es die bezauberndsten...

Auf einer Eisenbrücke rollten wir über einen großen Fluß.

»Das ist der Tisza«, erklärte die Dame.

»Ich denke, der Tisza ist ein Ministerpräsident?«

»Minister ist *das* Tisza! Diese Fluß ist *der* Tisza.«

Mit den deutschen Artikeln hatten sie es offenbar nicht – das sollte ich nachher von Piroschka noch sehr viel eindringlicher erfahren.

Aber noch war Piroschka weit. Noch wußte ich gar nicht, daß es eine Piroschka gab. Aber ich kam ihr näher, mit jedem Kilometer. Und wenn der »unitarische Gémahl« nicht gewesen wäre, hätte ich sie vielleicht noch an diesem Abend gesehen. Piroschka... Aber vorläufig dachte ich nur an Greta...

›Da rufen sie Szeged aus, Greta! – In der Schule haben wir Szegedin gesagt – und haben bloß gewußt, daß es da Gulasch gibt. Aber es gibt da auch Bauern mit weißen Schürzen, Mühlenbesitzer, Offiziere und sehr hübsche Mädchen. Aber keine so hübsch wie du. Hier wird man geboren, lebt, liebt und wird begraben in Szeged. Dich könnte ich auch in Szeged lieben, für dich da begraben werden. Aber es geht weiter, Greta...‹

Ja, es ging weiter, und es dauerte jetzt nicht mehr lange. Sonnenblumen – weiße Häuschen – Ziehbrunnen – Sonnenblumen – weiße Häuschen – Ziehbrunnen. Es war so wunderbar einschläfernd.

»Wir missen Ihnen fertigmachen!« sagte die Gémahlin des Gémahls. Sie machte mich fertig. Denn als ich nach meinem kugeligen Japankorb im Gepäcknetz griff, sah ich, daß etwas darauf fehlte: Mein mausgrauer Lodenmantel, der Schutz gegen die Bora. Ich hatte ihn im Studentenhaus in Budapest abgeschnallt und an einen Kleiderhaken gehängt. Dort hing er vermutlich noch. Ich war zu aufgeregt gewesen – Gretas wegen.

»Fehlt Ihnen etwas?« fragte meine Gastgeberin, die mich erblassen sah.

»Mein Lodenmantel«, sagte ich bekümmert.

»Wir werden Ihnen zum Doktor bringen«, antwortete

sie tröstend, »wir haben in Hódmezövásárhely bestes Doktor von Ungarn.«

Ich machte die Art meines Leidens pantomimisch klar.

»Ja solches Mantel?« sagte die Dame lachend. »Mein Gémahl wird Ihnen eines geben. Ein schönes, mit innen gepelzt.«

Mir wurde pelzig, wenn ich bei der Hitze an Pelzmäntel dachte.

Der Zug lief ein, und zum erstenmal sah ich das grausame Wort »Hódmezövásárhely« auf einem Stationsschild – einem ganz hübsch langen Schild! Und dann war ich in einer Straße, die keine war, in einem tollen Strudel von Pferdewagen, Staub, Schweinen, Gänsen und Lärm. In einer Stadt, die auch keine war, sondern bloß so aussah, als ob man alle weißen Häuschen von Budapest bis hierher zusammengekehrt hätte. Da standen sie nun: eins hinter dem andern, und das andere wieder hinter dem einen, und es hörte nicht auf und ging immer weiter – bis einmal eins einen ebenso weißen Turm daneben hatte. Das war die Kirche, und in der predigte der Gémahl...

Ich war so verwirrt von allem, was ich sah, und von dem, was ich, gegen den Strich betont, hörte, daß ich mich einer Ohnmacht nahe fühlte. Aber da ergoß sich auch schon zum erstenmal »Gastfreindschaft« über mich...

Als ich zur Besinnung kam, saß ich in einem Grasgarten auf einem Stuhl, dem die rechte Armstütze weggebrochen war. Zwischen den Obstbäumen hing ein unwahrscheinlich heller, funkelnder Stern, der eigentlich an den Himmel gehört hätte. Und Grillen zirpten! Zirpten – ein schwacher Ausdruck... Sie schrillten, überboten einander an grellem Schrillen. Ich hatte so etwas noch nie gehört. Doch es war wunderbar.

Vor mir aber in einer Kinderschaukel saß die Dame mit den Ringelstrümpfen und schwang auf und ab. Auf und ab.

»Mein Gémahl muß noch einen Hochzeit bevorreiten«, sagte sie entschuldigend.

›Laß ihn reiten‹, dachte ich; denn ich war müde.

Auf und ab die Schaukel – und die hellen Grillen und der schrille Stern . . .

Greta schwang auf der Schaukel – das Mädchen mit den verwirrenden Beinen.

Das war noch wunderbarer.

Die Ankunft

»So, Andreas, von heute ab bist du unser liebes Kind!« sagte Herr von Csiky, der neben mir in einem Abteil erster Klasse saß.

Dieser alte Herr mit dem schmalen Aristokratenkopf, der kühn gebogenen Nase, den tief herabgezogenen Bartkoteletten und dem hochgebürsteten graublonden Schnurrbart gefiel mir so gut, daß ich ihm sogar das »Kind« verzieh.

»Ich freu' mich auf Ihr Dorf, Herr Doktor!« sagte ich mit gut gespielter Zuversichtlichkeit, mit der ich die von meinem gestrigen Reisegefährten geweckte Angst zudecken wollte.

»Halt, mein Sohn, jetzt müssen wir erst einmal etwas berichtigen!« Der alte Herr, der sich lange in Wien aufgehalten hatte, sprach ausgezeichnet Deutsch, mit einem kleinen wienerischen Einschlag, aber mit dem singenden Tonfall und der leichten Akzentverschiebung aller Magyaren. »Erstens bin ich für dich nicht der Herr Doktor, sondern der János bácsi. Verstehst: das heißt ›Onkel Johann‹.«

»Heißt ›Bazi‹ auf ungarisch ›Johann‹?«

Der Onkel, der mich seinen Sohn nannte, lachte: »Es heißt nicht Bazi, sondern Ba-tschi! Sprich nach!«

»Ba-tschi!« sagte ich.

»No, geht schon und wird bald noch besser gehn. Aber bácsi heißt Onkel und János heißt Johann. Bei uns ist der Onkel immer hinten – und überhaupt alles, was ihr Deutschen vorn habt, haben wir hinten. Csiky János heißt Johann von Csiky.«

»Und wo bleibt das ›von‹?«

»Das hängt auch hinten dran, im Ypsilon.«

Einigermaßen verwirrend kam mir diese Sprache vor. Aber die Belehrungen meines Onkelvaters waren noch nicht abgeschlossen.

»Und weißt du, mit dem Dorf – da versprich dir nicht zuviel. Das wirst du nämlich gar nicht finden. Das einzige, wo man bei uns ein bissel enger beieinanderwohnt, ist der Friedhof. Sonst lebt ein jedes für sich und hat seine Felder um den Hof herum. Wir lieben die Freiheit, wir Ungarn. Bis auf den Friedhof halt...«

Der Friedhof als Zentrum der Geselligkeit – immer trüber wurde meine Gewißheit, daß der dicke Mann aus Debrecen recht gehabt haben mußte.

»Und wie ist Debrecen?« fragte ich.

Der gute Doktor sah mich ob des Gedankensprungs etwas verwundert an, dann sog er an seiner Virginia und antwortete:

»Ein Saunest! Bei uns ist viel lustiger...

Du lieber Himmel, was mochte mich dort an Lustigkeit erwarten, wohin mich der Zug in seinem unsagbar gemütlichen Zockeltempo brachte? Manchmal hielt er – und da war nicht einmal mehr eine Bretterbude als Station, sondern er hielt vor ein paar Sonnenblumen oder einem umgestürzten Schiebkarren.

»Haben Sie einen Bahnhof?«

Wie ich das fragte, muß es sehr kläglich geklungen haben; und ich sah mich auch schon neben einer einsamen Sonnenblume, als dem »Hauptbahnhof« von Dingsda, auf die ersehnte Rückkehr warten... Aber mein Batschi warf sich förmlich in die Brust, als er antwortete:

»Du wirst schauen, was für einen Bahnhof wir haben! Für die ganze Puszta rundum (›gibt's nur bei Debrecen‹, widersprach es in mir) einen steinernen Bahnhof mit einem prächtigen dicken Stationschef. Er erwartet dich natürlich schon.«

Ein magerer Trost – dieser dicke Chef!

Ein drolliges Männchen stieg jetzt zu mit einem rötlichen Schnurrbart, der ihm gleich Eichhörnchenschwänzen aus der Nase zu wachsen schien. Die beiden Herren begrüßten sich mit Schulterschlägen und einer Flut ungarischer Worte, die mich noch tiefer in meine traurige Einsamkeit verbannten. Dabei kam es mir vor, als ob das Doppeleichhörnchen mich mit begehrlich interessiertem Blick verschlänge, ja es leckte sich sogar die Lippen wie ein Kannibale. Eine nochmalige Wortflut spülte es schon bei der nächsten Sonnenblume wieder aus dem Abteil.

»Das war der pensionierte Herr Vizegespan«, sagte mein Doktor, »er ist sehr, sehr glücklich, daß du in Ungarn bist, und hat gesagt, du sollst sein lieber Gast sein.«

»Muß ich das?« entfuhr es mir erschrocken.

»Ich hab' ihn vertröstet. Jetzt sind wir erst einmal froh, daß wir dich haben, und werden dich so bald nicht wieder loslassen.«

›Greta! Greta! Ich will aber los. Ich will zu dir. Vielleicht sitzt du jetzt auch auf einer umgestürzten Schiebkarre als Wartesaal und wartest – auf mich! Daß ich dich erlöse! Von Ungarn und vom Rosinenmann...‹

»Du wirst sehr glücklich sein in Kutasipuszta – sehr!« sagte der liebe alte Herr, indem er das furchtbare Wort abkürzte – und er sagte es so nett, daß ich es ihm zu glauben beschloß.

Das Land, das ich durch das Abteilfenster sah, war wirklich von friedsamer Schönheit. Die weißen Häuser – die schwarzen Brunnenfinger – eigentlich immer dasselbe seit Budapest! Aber vielleicht war es gerade deshalb so schön, weil es sich mit kleinen Nuancen immer wiederholte. Vielleicht würde man auf die Nuancen achten müssen...

»Schau, siehst du den Wald da hinten, Andreas?«

Ein Waldstreifen, wahrhaftig. Wie heimatlich mich das berührte!

»Werd' ich da von – von Ihrem Ort aus (ich traute mich noch immer nicht an den Namen heran) hinkommen können?«

»Nie!« sagte der Doktor und hob belehrend die Virginia hoch. »Nie wirst du da hinkommen!«

»Nie?«

»Nein, nie! Weil das eine Luftspiegelung ist – eine Fata Morgana. Wenn du Glück hast, kannst du an heißen Mittagen ganze Dörfer sehn! Wo es nirgends da herum ein Dorf gibt!«

Das Glück, Dörfer zu sehen – hatte ich mir das von meinem Reiseabenteuer erträumt? Auslachen würden sie mich daheim, wenn sie das wüßten.

›Wenn ich wenigstens dich sehen könnte, Greta – am Mittagshimmel!‹

»So, und jetzt ist es soweit!«

Mein János bácsi wurde feierlich und drückte die Virginia am Fensterrahmen des Abteils aus.

»Dort, wo die Pappeln sind, so daß man nix sieht – das ist unser Haus. Und da kommt Sámaphor, das Signal, wie ihr Deutschen sagt (er betonte es echt unga-

54

risch auf der ersten Silbe), und jetzt – jetzt siehst du den Bahnhof! Es wird einen rechten Wirbel geben. Sogar unser Briefträger ist da!«

Ja, ich sah es – ein winziges gelbes Stationsgebäude –, halb so groß wie das in meiner kleinen Heimatstadt und gerade groß genug, daß der lange Name Hódmezövásárhelykutasipuszta darauf noch Platz fand. Ich ließ etwas verfrüht das Fenster herunter. Die Lokomotive umhüllte mein Haupt mit Trauertüchern schwarzen Rußes und stach mir einen Funkenhagel ins Gesicht.

»Au!« schrie ich.

Im gleichen Augenblick schrie draußen ein kleiner, dicker Mann in einer prächtigen Uniform aufgeregt »Hódmezövásárhelykutasipuszta! Hódmezövásárhelykutasipuszta!«, ein alter Mann in Schäfertracht stürzte sich auf das Trittbrett – daß es der Briefträger war, wußte ich noch nicht –, eine Dame schrie »Jancsi! Jancsi!« und eine andere in der Tür des Stationsgebäudes aus unerfindlichen Gründen: »Piroschka! Piroschka!« Der Lokomotivführer und der Heizer sprangen bei dem allgemeinen Geschrei aus ihrem Führerstand und blieben vor dem kleinen uniformierten Mann in Habtachtstellung stehen.

Der Stationschef kommandierte »Éljen unser lieber Gast aus Németország«, und die beiden schwarzen Männer aus der Lokomotive stimmten ein »Éljen! Éljen!« Der Schäfer präsentierte meinen Reisekorb wie ein Gewehr. Die eine Dame küßte mich rechts und links, während die andere jetzt zur Abwechslung »István! István!« schrie.

István aber rannte in das Stationsgebäude, drehte an irgendeiner Kurbel, es machte »bim-bam, bim-bam« – »Geläute für dich, Andreas«, sagte der Doktor strahlend –, dann ließ er die Zugbesatzung wegtreten. Die beiden schwarzen Männer stiegen wieder auf ihre Lokomotive, die sie zu schrillen Pfiffen veranlaßten, und der István genannte Uniformierte stieß mit würdigem Ernst in sein Embryonalhörnchen. Daraufhin fuhr der Zug endlich weiter. Aus allen Fenstern schauten winkende, gestikulierende Menschen, die zumindest die Ankunft eines Erzherzogs vermutet haben mußten. Denn Ungarn war ja – eine weitere verwirrende Tatsache – ein Königreich, das keinen König hatte!

Als der Zug davongezockelt war, wunderte ich mich erst, wieviel Lärm so wenige Menschen machen konnten. Und dabei hatte noch einer gefehlt; denn der, den man Piroschka gerufen hatte, war nicht auf der Bildfläche erschienen.

Nun erst wurde ich vorgestellt: zuerst der vollschlanken Frau von Csiky, die mich so heftig geküßt hatte, daß sie Rußspuren auf ihren hübschen, noch recht jugendlichen Wangen hatte, dann dem Herrn Stationschef István Rácz, der die rechte Hand an die Offizierskappe legte, dann seiner Frau Margit, die eben wieder aufgeregt aus dem Stationsgebäude kam.

»Denk dir, sie traut sich einfach nicht herunter, István«, sagte die kleine, mollige Dame mit den schwarzen Löckchen um das runde Gesicht.

»Sie hat noch nie einen Deitschen gesehn, Herr Student«, erklärte der Chef entschuldigend.

»Schad', dann wirst du Piroschka erst morgen oder übermorgen kennenlernen«, tröstete mich Herr von Csiky, obwohl ich eines solchen Trostes am allerwenigsten bedurfte.

»Da ist sie!« schrie die aufgeregte Mutter und deutete mit dem Finger nach oben, wo man für einen Augenblick eine Gardine wedeln sah, ohne dahinter etwas zu erkennen. Mir lag, offen gestanden, auch gar nichts daran.

»Wie alt ist eigentlich deine Piroschka jetzt, István?« fragte Herr Johann von Csiky den Chef.

»Siebzehn, Doktor!«

»Siebzehn, hörst du, Andreas? Siebzehn – die kleine Schönheit!«

Als dies mein Batschi sagte, gefiel er mir viel weniger als vorher, und seine Frau machte obendrein eine scherzhaft-drohende Bewegung mit dem Finger, die mir erst recht mißfiel.

»So!« meinte der Doktor zusammenfassend, »und jetzt werden wir nach Hause gehen. Unser lieber Deutscher wird ein bissel müd sein von dem strapaziösen Empfang. Unterwegs kann er dann gleich alle Sehenswürdigkeiten anschauen: das Gasthaus vom Laufer, den Friedhof...«

»Zeigen Sie ihm bittaschön auch gleich das Sémaphor«, sagte Herr Rácz, der unter seiner Offizierskappe mächtig schwitzte.

»No, das Sígnal – natürlich! Er hat es ja schon vom Zug aus gesehen!« antwortete der Doktor lachend. »Da wird er daheim noch viel zu erzählen haben: Sígnal zu – Sígnal auf!«

Der Doktor senkte und hob anschaulich den Finger, die vier auf dem Bahnsteig übriggebliebenen Ungarn lachten unmäßig, und ich hielt sie alle miteinander einschließlich ihrer unsichtbaren Gardinenschönheit für nicht ganz zurechnungsfähig. In der Ferne sah ich einen alten Mann mit meinem Japankorb verschwinden. Mit ihm verschwand das letzte Stück Heimat. Gretas hübsche Knie hatten sich einmal dagegengelehnt.

»Das ist also der Laufer«, sagte János bácsi und zeigte

auf ein ebenerdiges Haus, das sich nur dadurch von den anderen unterschied, daß es eine Aufschrift »Vendeglö« trug, was mir mein Gastgeber mit »Wirtshaus« übersetzte, und das in einem winzigen Schaufenster alle möglichen und unmöglichen Dinge beieinanderliegen hatte: von bunten Ersatzkaffeepackungen bis zu blechernen Kindernachtgeschirren, Peitschen, Strohhüten und Wagenlaternen.

»Hier werden wir oft mulattieren«, sagte der Doktor, und ich fragte ihn nicht, was das bedeuten sollte.

»Eine Kegelbahn hat der Laufer übrigens auch für uns« – ich hatte Kegeln bisher nur für eine Belustigung beleibter alter Herren gehalten –«, und gegenüber siehst du unsern Friedhof.«

Das Terrain, auf dem sich die stolzen Ungarn einmal zu näherem Beieinanderwohnen bequemten, wirkte recht trostlos. Es lag zwischen Acker und Bahndamm eingeklemmt und war – das schien das schönste daran – wiederum von einem Zaun blühender Sonnenblumen abgegrenzt.

»Damit die Kühe nicht hineinlaufen«, sagte Frau Ilonka von Csiky, die, wie mir bedeutet wurde, nicht als »Tante« anzureden war.

»Wie war es beim Pali bácsi?« fragte mich die Dame mit den jungen Wangen, während wir auf der heißen, staubigen Straße dem Doktorsitz entgegengingen.

»Onkel Paul« – damit war mein unitarischer Pfarrer von gestern abend gemeint. Ich mußte gestehen, daß ich ihn kaum zu sehen bekommen hatte, weil er eine Hochzeitspredigt vorbereiten mußte und heute früh noch geschlafen hatte, als ich wegfuhr.

»Hörst, er hat eine Predigt vorbereitet, Jancsi«, sagte Frau von Csiky und blinkerte ihrem Mann zu.

Und der blinkerte wiederum mir zu. »Wir werden auch Predigten vorbereiten, Andreas! Beim Wein brauchen wir im armen Ungarn gottlob noch nicht zu sparen. No, und Schärferes gibt es auch... So, und damit wären wir beim Csiky-Schloß angekommen.«

Ein altes, langgestrecktes, aber doch sehr behaglich wirkendes Haus, das sich indessen vom Gasthof Laufer kaum wesentlich unterschied, stand auf einem Hof mit hohen Pappeln, die jetzt um die Mittagsstunde kaum Schatten gaben. Seitlich waren einige bescheidene Wirtschaftsgebäude angebaut.

»Geradeaus ist die Kuchel und der Saustall«, erklärte der Doktor, »und links – das ist der Pferdestall.«

»Oh, Sie haben Pferde?«

Meine Miene mußte sehr aufgeleuchtet haben, da ich verwegen rasende Kutschpartien über die Unendlichkeit der flachen Puszta vor mir sah. Aber der Doktor strich mir mit seiner festen Hand wie einem Buben über den Kopf und sagte:

»Pferde – das war einmal! Wir sind in Ungarn sehr arm geworden nach dem Krieg. Jetzt sind im Pferdestall der Kukuruz und die kleinen Schweinderln und im Saustall die großen. No hát – wir leben und mulattieren trotzdem weiter...«

Was das mit den »Mulatten« auf sich hatte, sollte ich bald genug erfahren. Jetzt traten wir erst einmal in das Haus ein. Da war ein langer Flur, mit roten Ziegelsteinen ausgelegt – angenehm kühl nach der Hitze draußen auf dem Hof. Entlang den Wänden standen einfache Holzstühle, auf denen eine Frau mit einem großen Armverband, zwei, drei Kinder, ein junger Bursch mit Krücken und ein weißhaariger, rotgesichtiger Mann saßen. Bei unserm Eintreten erhoben sich alle. Der Doktor winkte ab.

»Meine Patienten«, erklärte er.

Dann wandte er sich zu dem alten Mann und fragte ihn etwas auf ungarisch, was von dem Alten unter eindringlich malenden Handbewegungen beantwortet wurde.

»Schau, wie er von meinem Rezept munter geworden ist!« sagte Doktor Csiky wohlgefällig zu seiner Frau, und auch mir nannte er dieses »Rezept«.

»Ich hab' dem alten Ferkel ein Bad verschrieben. Er hat gesagt, das ist das erste gewesen, seit ihn die Hebamme gebadet hat. Jetzt geht's ihm besser. Er war halt ein bissel verklebt in den siebzig Jahren.«

Damit verschwand der Doktor in seiner Praxis, und meine ungarische Pflegemutter führte mich in einen dunklen Raum, in dem ich die Umrisse eines Bettes und einiger Möbelstücke wahrnahm.

»Da wirst du wohnen, Andreas«, sagte sie. »Der liebe Gott gebe dir eine gute Zeit in Ungarn.«

Sie zog die Jalousien am Fenster hoch, und als das Zimmer von Tageslicht erfüllt war, erkannte ich, daß es mit seinen Biedermeiermöbeln sehr behaglich wirkte. Ein mächtiger Sonnenblumenstrauß stand in einer Tonvase auf dem Fußboden. Die Polstersessel und die Stühle hatten Schutzüberzüge aus weißem Leinen, und um die kleine Deckenkrone mit ihren Kristallgehängen war ein Gazeschleier gebunden.

»Das muß sein«, sagte die Doktorin, »wegen der Hitze. Und die Fliegen verderben uns auch alles. Aber schau einmal zum Fenster, Andreas!«

Ich beugte mich zum Fenster hinaus. Da war ein großer, verwilderter Garten mit Gemüse und alten Bäumen, Walnußbäumen vor allem. Und wo keine Bäume standen, gab es Sträucher, und an den Sträuchern – –.

»Das sind ja Weintrauben!« rief ich begeistert.

»Sie werden grad reif. Du kannst essen, soviel du magst.«

Das war schon etwas für eine deutsche Abenteurernatur: Weintrauben vom Rebstock! Aber als dann die Doktorin »Dita!« rief, und die Magd Judith, eine dralle Person mit großen, platschenden Füßen, meinen japanischen Reisekorb hereintrug, wurde mir doch wieder beklommen zumute. Für sechs Wochen würde die Weintraubensensation allein nicht genügen. Und vorbeugend sagte ich:

»Wahrscheinlich werde ich nächstens eine kleine Reise machen müssen.«

»Eine Reise?« Meine ungarische Pflegemutter runzelte die Stirn. »Wohin?«

»Zum Plattensee«, antwortete ich.

»Zum Balaton? Aber daran darfst du doch jetzt noch nicht denken! Jetzt mußt du erst ein paar Wochen bloß bei uns sein und dich auffuttern lassen. Schaust ja so elend aus. Ich werd' mich gleich ums Essen umtun. Es wird zum Einstand etwas echt Ungarisches geben. Kannst dir's derweilen kommod machen, Andreas.«

Da stand nun der falsche Andreas und wußte nicht, ob er lachen oder weinen sollte! Es war alles so ganz anders, als ich's erwartet hatte.

Aber als ich mein Körbchen auf einen der Stühle gehoben hatte, streichelte ich über das bastene Kugelbäuchlein und flüsterte: »Greta!«

Photographieren

Früh war die Sonne in mein Zimmer gekommen und hatte mich geweckt. Es war ein herrlicher, erfrischter Morgen, und so tief und fest hatte ich lange nicht geschlafen – trotz der gewaltigen Essensportionen am Vorabend. Aber der Wein hatte mich müde gemacht. Er war mild und kräftig gewesen, und ich wußte eigentlich gar nicht mehr so recht, wie ich ins Bett gekommen war. Beim Frühkaffee, den wir in dem ziegelroten Hausflur tranken, fragte mich die Doktorin:

»Wer ist Greta?«

»Wieso, bitte?«

»Du hast gestern abend zu meinem Mann ›Greta‹ gesagt, als er dich ins Bett gebracht hat.«

Vorsicht, Andreas, mit den Ungarweinen ...

Dennoch war ich jetzt ausgeschlafen und tatenbereit. János bácsi war in seinem Praxiszimmer verschwunden, seine Frau ging zur Magd Judith in die Küche, und ich durfte bis ein Uhr tun und lassen, was ich wollte.

Ich holte meinen Photoapparat aus dem Reisekorb. Das war ein unförmiges Ding im Format 10x15, mit einem schweren Stativ, einem Klapptürchen hinten und einem Filzhütchen vor dem Objektiv. Wenn man sich sein Motiv auf der Mattscheibe beschauen wollte, mußte man erst unter ein schwarzes Tuch kriechen wie der Berufsphotograph, bei dem man als Kind zum ersten Schulgang und zur Konfirmation aufgenommen worden war. Es war eben alles in allem noch ein richtiger »Apparat«, und Vater hatte ihn einem Freund abgekauft, der in Geldverlegenheit war. Mutter meinte, er habe sich damit anschmieren lassen. Nun packte ich mir die großen Plattenkassetten in die Taschen, schulterte das Stativ, nahm den vorgeschichtlichen Apparat in die Hand und zog ins Abenteuer.

Laufer rechts, Friedhof links – das kannte ich nun schon. Aber mit Photos dieser Örtlichkeiten würde ich daheim keinen Eindruck machen. Vielleicht wenn ich einen der drolligen Züge mit ihren langhalsigen Lokomotiven erwischen könnte? Ich marschierte die staubige Straße entlang – man ging bis zu den Knöcheln wie in Mehl – dem Bahnhof zu.

Der Stationschef empfing mich enthusiastisch. Er sah längst nicht mehr so prächtig aus wie gestern. Die fesche, unbequeme Offizierskappe mochte er sofort wieder in den Schrank gehängt haben. Jetzt saß er in einer schwarzen Hose, der nur ein verblaßter, dünner Streifen von undefinierbarer Farbe noch einigermaßen etwas Uniformähnliches gab, kragenlos, mit offenem Hemd und ohne Rock auf einem Rohrstuhl und addierte in einem Buch die gestrige Tageseinnahme im Fahrkartenverkauf. »Setzen Sie Ihnen, Herr Student«, sagte er, als ich mich wegen der Störung entschuldigte. »Es ist eine große Ehre!«

Eine Uhr tickte, ein Telegraph rasselte. An der Längswand des Raumes stand ein abgenutztes schwarzes Ledersofa, über dem eine bunte Lithographie den tapferen Rebellen Kossuth mit geschwungenem Säbel an der

Spitze seiner antihabsburgischen Mitverschworenen zeigte. »Kossuth Lájos, hös (1802–1894)« stand darunter. Wenn man's auf gut ungarisch von hinten las, hieß das »Held Ludwig Kossuth«. Von der Unrast des vielbeschrienen technischen Zeitalters spürte man in diesem Amtszimmerchen wenig.

Ich gestand Herrn Rácz, daß ich gern einen seiner Eisenbahnzüge auf die Platte gebannt hätte.

»Oh«, sagte er, »das würde eine große Ehre sein, Herr Student. Aber, leider, die Züge sind schon hindurchgefahren – in beide Richtungen. Jetzt haben wir nur mittags den Zug, wo Sie uns beehrt haben mitzukommen – und dann ist erst wieder am Abend interessant. Da treffen sich hier gleich zwei Züge aus beiden Richtungen. Ja, und nachts haben wir sogar Schnellzug von Arad nach Pest, was aber durchfahrt.«

Nun, das waren verlockende Angebote für einen Amateurphotographen, aber bis zum Mittag mochte ich doch nicht mehr warten – und den Erfordernissen eines Nachtbildes wäre meine prähistorische Kamera nicht gewachsen gewesen. So dankte ich dem Herrn Chef und schickte mich an, zu weiterer Motivsuche aufzubrechen. Aber István Rácz hatte noch etwas auf dem Herzen.

»Denken Sie, die Piroschka«, sagte er lachend, »die traut sich doch nicht zu Ihnen.«

Was der rundliche Mann nur immerzu mit seiner Tochter wollte? Rundlicher Vater, rundliche Mutter, rundliches Kind ... Ich sah die kleine Walze förmlich vor mir. Aber der Eisenbahnvater war nicht mehr zu bremsen.

»Sagt sie doch: Hab' ich mir deitsches Student ganz anders vorgestellt, und zeigt mir Bild in einem Buch. Wissen Sie, was war?«

Ich wollte es gar nicht wissen. Diese gräßliche Piroschka, die mir da dauernd aufs Butterbrot gestrichen wurde, war mir zuwider. Frei nach Morgenstern nannte ich sie bei mir das Bahnsteighuhn (»nicht für es gebaut«).

»War Géschichtsbuch, wissen Sie, und hat unter Bild gestanden: Die Gérmanen. Männer mit Fell um das Leib und großes Horn berumgehängt und ein Spieß und getöteter Bär.«

»Ach, und so hat sich die das vorgestellt?«

»Piroschka« sagte ich nicht, weil mir auch der Name albern vorkam.

»No, sicher nicht gerade so! Aber doch interessanter! Sie hat gesagt: Ist ja langweiliger Mensch wie jeder Ungar auch. Sie sollen ihr justament den Gegenteil beweisen, was?«

»Ich werd's versuchen, Herr Rácz.«

Ich steuerte jetzt ohne große Umschweife auf meinen Abschied los.

»Ich muß gehen, damit ich die richtige Sonne zum Photographieren habe.«

»Aber Sie werden oft zu uns kommen, Herr Student? Und bilden Sie unser herrliches Ungarland recht fleißig ab!«

Ich versprach es – das zweite jedenfalls – und verabschiedete mich.

Ich ging ins Blaue hinein, und es war wirklich »das Blaue« in schönster Vollendung. Das Himmelsgewölbe schien über dem tischflachen Land höher und weiter, als ich es je gesehen hatte. Der Himmel war kein gespanntes Tuch, wie ein angeleuchteter Rundhorizont im Theater, sondern ein unendlich tiefer Raum aus reinem Blau, in dem die aufsteigenden, trillernden Lerchen verschwanden und den man sich gern als Wohnsitz von Engeln, Genien und seligen Geistern denken mochte. Für den Aufenthalt über meiner Heimatstadt mit ihrer qualmenden Tuch- und Lederindustrie hätte ich mich als Engel schönstens bedankt...

Blauen Himmel allein kann man nicht photographieren. Aber da waren überall diese kleinen, sauber gekalkten weißen Höfe mit ihrem Schutzwall hoher Akazien. Da waren die Maisfelder, der Kukuruz, wie sie hierzulande sagten, dessen gelb werdende Blätter in einem unfühlbaren Mittagshauch, oder von den Hitzewellen bewegt, leise raschelten. Daß die Hitze wohl und nicht weh tat, war dem Sohn nördlicher Gefilde auch eine Überraschung.

Nun hatte ich mein erstes Bild gefunden: einen Hof ohne Akazien, aber mit einem Ziehbrunnen zur Seite, der sich eindrucksvoll vom Horizont abhob. Ein rillenreicher, zerfahrener Sandweg führte auf das weiße Gehöft zu, und wenn ich es geschickt anstellte, bekam ich als Bildabschluß nach rechts sogar einige Sonnenblumen mit auf die Platte. Ich brachte meine Apparatur in Stellung. So ganz einfach war das nicht; denn das Stativ, das gleichfalls zum Gefälligkeitskauf meines Vaters gehörte, hatte seine Tücken. Die Knöpfchen der verschiedenen Höheneinstellungen gaben nach – vielleicht war ihnen das Kameramonstrum zu schwer –, und der Apparat neigte sich bald nach vorn, bald nach hinten. Ja, es konnte geschehen, daß er sich im Augenblick, da man losdrückte, ganz klein machte und nur noch die Wadenpartien der aufzunehmenden Personen oder die Kellergeschosse der Architektur auf die Platte brachte. Darum ging ich auch mit unendlichem Zartgefühl ans Werk und umhuschte mein Bildgeschütz auf Zehenspitzen.

Als der Aufbau beendet war, kamen aus dem Gehöft vier große weiße Hunde einer mir unbekannten Rasse. Sie blieben in einem angemessenen Abstand von der Kamera auf dem Rillenweg stehen und wedelten mit den buschigen Schwänzen. Durch den Kristallsucher erschien mir das Arrangement höchst gelungen, und die vier exotischen Hunde mit dem dezenten Schweifwedeln würden die Bildkomposition erfreulich beleben.

Ich freute mich zu früh. Ich hatte den Argwohn im Gewedel meiner Hunde nicht erkannt. Als ich mich bückte und das schwarze Samttuch über mein Haupt und den Apparat breitete, muß ich für die Tiere einen bedrohlich schreckerregenden Anblick geboten haben, denn sie stürzten mit wildem Gebell los. Beim Versuch, das Tuch herunterzureißen, verhakte es sich in den Auslöser, mein Stativ knickte in den Knien ein, und ich fiel mit dem Apparat und über ihn nach vorn. Mit schauerlichem Gekläff stürmte die Meute herbei.

Das Schicksal, von Hunden zerfleischt zu werden, wäre mir nicht erspart geblieben, wenn nicht schrille Pfiffe und Rufe den Tieren Einhalt geboten hätten. Eine sich überschlagende weibliche Stimme kam näher. Und als ich mich aufgerappelt hatte, waren die Riesentiere bereits in den Hof zurückgescheucht.

Ich stand da, zitternd am ganzen Leibe, das Samttuch immer noch auf dem Haupte – gewiß kein heldenhafter Anblick –, und das weibliche Wesen, das mich gerettet hatte, stellte sich neben mich. Es schaute zu mir auf, prüfend, ein bißchen spöttisch. Ein Bauernmädel, das bezaubernd aussah: schmal, grazil, dunkeläugig, dunkelhaarig, die Frisur auf der Stirn zu einer kecken, witzigen Sechserlocke gedreht, gleich einer Provinztheater-Carmen.

»Danke«, sagte ich.

Die Carmen sagte nichts.

Wir zwei standen einander gegenüber, sahen uns an und schwiegen. Dann, da nichts weiter geschah, packte ich meine Apparatur zusammen, ängstlich bemüht, auffällige Bewegungen zu vermeiden, die von irgendwelchen magyarischen Hunden als Aggression gedeutet werden könnten.

Als alles beisammen war – ich unterließ es diesmal sogar, das Stativ militärisch zu schultern –, sagte ich »Auf Wiedersehen« und streckte meiner Lebensretterin die Hand hin. Sie ergriff die Hand ohne Druck. Als ich mich auf den Rückweg machte, setzte auch sie sich in Bewegung.

Mir war merkwürdig zumute. Was wollte die Kleine? Sie gehörte in den weißen Hof zu den Hunden – und jetzt folgte sie mir selbst wie ein treuer Hund. Hatte sie einen »Käthchen-von-Heilbronn«-Komplex? Vergötterte sie in mir ihren Wetter vom Strahl?

Dabei fand ich die Angelegenheit jetzt durchaus nicht unangenehm. Die Kleine war so ausnehmend hübsch, wie man sich ungarische Mädchen bei uns daheim, von vagen Operettenbegriffen her, vorstellen mochte. Wenn man sie bloß hätte zum Reden bringen können!

Ich bot ihr ein Potpourri meines noch sehr spärlichen ungarischen Wortschatzes in sinnloser Aneinanderreihung. Ich sagte: »Ich verstehe nicht« (es war ja auch nichts zu verstehen), »Obst! Birnen! Trauben!« (das war reiner Unsinn), »Frisches Wasser gefällig?« (eine betrügerische Vorspiegelung), »Platz, Straße, Gasse« (auf einem staubigen Sandweg) und zum Abschluß »János bácsi, István bácsi, Pali bácsi« (kein Onkel auf weiter Flur!).

Mein Käthchen schürzte ein wenig die Lippen, verzog aber nicht einmal die Miene zum Lächeln. Da mir das schweigende Nebeneinandermarschieren auf die Dauer zu langweilig wurde, schwatzte ich einfach auf deutsch drauflos und fand es erheiternd, Dinge unverstanden sagen zu können, die ich sonst nie einem Mädchen gesagt hätte.

Ich sagte – in Pausen und Abständen – etwa so: »Du bist aber eine goldige Person.« – »Ich würde dich glatt einpacken und mit nach Deutschland nehmen.« – »Mit dir könnte ich's in euerm Kaff noch lange aushalten«. – »Wie alt bist du eigentlich, Kleines?«

Ich sagte sogar Sachen, die man einem Mädchen auch dann nicht sagt, wenn man es schon ziemlich lange kennt, so aufgekratzt war ich durch diese komische Situation. Manchmal wünschte ich mir geradezu die »Kommilitonen« herbei – die Rogotzky, Schebing und Genossen –, damit sie hätten sehen sollen, wie munter ich hier amouröse folkloristische Studien betrieb.

Selbst Gretas Bild verblaßte, wenn ich auf dieses kleine Persönchen hinuntersah, dessen bloße, bronzebraun eingebrannte Beine sehr drollig in hohen, alten Stöckelschuhen stelzten. Natürlich konnte man die zwei gar nicht vergleichen. Und außerdem hatte Greta ja ihren Rosinenmann in Griechenland...

Sonderbar, als ich an den Rosinenmann dachte, überkam mich wieder dieses Gefühl sinnloser Eifersucht. Eifersucht gegen den Neugriechen, der seine Braut am Plattensee abholen würde? Nein – es mußte wohl an der südungarischen Sonne liegen, die Fata Morganen erzeugte und die Dinge in ein fremdes Licht rückte –, ich begann gegen einen utopischen Rosinenmann zu wüten, der *diesem* Mädchen nachstellen und es zum Traualtar führen könnte.

Leider antwortete sie nie, noch zeigte sich irgendein Zeichen des Verstehens auf ihren Zügen. Deshalb schloß ich die Konversation ziemlich rüde mit den Worten:

»Dumme kleine Zicke!«

Es war wirklich mein letztes Wort, denn wir kamen dem dichter besiedelten Ortsbereich nahe, soweit man Gast-, Bahn- und Friedhof als »dichtere Besiedlung« bezeichnen darf. Ich besaß jetzt sogar wieder den Mut, das schwere Stativ zu schultern. Der Versuchung, dieses Geschöpf neben mir zu photographieren, widerstand ich.

In zehn Minuten würde meine gute Frau Ilonka von Csiky mich von dieser netten Klette befreien müssen. In der Ferne sah man schon den Hof mit den Pappeln. Unser Weg bog nach links ein.

Aber mein Mädchen folgte dem Weg nicht. Sie bog nach rechts ein. Sie ging zum Bahnhof.

»Mulotschag«

Bei der Kaffeestunde am nächsten Morgen, die unter Assistenz des platschfüßigen Mädchens Judith wieder im kühlen Steinflur vor sich ging, zog meine Pflegemutter ein Zettelchen aus einer Handtasche und fragte:

»Was heißt bitteschön ›Kaff‹, und was heißt (sie sprach das Wort besonders vorsichtig) ›Zicke‹?«

Mich überlief's: Die Worte hatte ich doch mal in irgendeinem Zusammenhang gehört oder gesprochen?

»Ist etwas Bestimmtes damit gemeint?« fragte ich sehr unbestimmt.

»Ich dachte, du müßtest das wissen, Andreas. Piroschka hat mich danach gefragt!«

»Wer?«

»Piroschka!«

Und da ich ausgesehen haben muß, als verstünde ich das Wort nicht, sagte sie.

»Man schreibt ›Piroska‹, aber gesprochen wird ›Piroschka‹.«

Piroschka, das Bahnsteighuhn ...

»Sie hat draußen auf der Puszta einen jungen Mann aus Deutschland getroffen, der sich vor ein paar harmlosen ungarischen Hunden gefürchtet hat – und deshalb hat sie ihn nach Hause begleitet.«

»Und die kann Deutsch?«

»Sähr, sähr gut sogar! Ist beste deitsche Schülerin auf Gymnasium in Hódmezövásárhely. Aber die zwei Wörter hat sie nicht gefunden in Dictionnaire.«

Das vornehme französische Wort machte mir das Ordinäre meiner Ausdrucksweise erst recht deutlich. Mein Gott, was hatte ich gestern alles zu diesem stummen Mädchen gesagt? Waren nicht Dinge dabeigewesen, die ihr die Schamröte hätten übers Gesicht jagen müssen? Daß ich ihr nicht mehr unter die Augen treten durfte, war sicher.

»Übrigens werden wir heute abend mulattieren gehen«, sagte Frau Ilonka von Csiky, die mit einem Male an der Übersetzung der fragwürdigen Wörter uninteressiert zu sein schien. Vielleicht hatte sie sich nur an meiner Verlegenheit weiden wollen.

»Freust du dich auf den Mulotschag?« fragte sie, als sie mich auf ihre Ankündigung hin schweigsam fand.

»Wie macht man das: mulattieren?« stellte ich die Gegenfrage; denn ich fand in keiner westlichen Sprache ein Wort, von dem ich »Mulotschag« ableiten konnte.

»Joi, du weißt nicht? No, das ist Tanzen, Trinken, Singen, Lustigsein.«

Im Augenblick war mir nicht sehr nach Lustigsein zumute. Mich wurmte die Bahnhofsblamage.

»Ach, doch«, sagte ich, um nicht undankbar zu erscheinen, »und wo werden wir das tun?«

»In Hódmezövásárhely. Wir sind im Offizierskasino eingeladen...«

Das war wenigstens weit weg von dem Hof mit den Hunden und dem Bahnhof mit der Piroschka.

»Piroschka wird sich freuen, dich wiederzusehen.«

Nein, bloß das nicht. In Gegenwart dieser kleinen

Kröte lustig sein? Sie würde sich lustig machen über mich.

»Ich glaube«, sagte ich wehleidig, »es ist besser, ich bleibe heute abend daheim. Ich hab' Halsschmerzen und bin ein bißchen anfällig gegen Halsgeschichten. Die trockene Luft in so einem Saal ...«

»Wir werden natürlich draußen feiern – bei den warmen Nächten jetzt. Und für alle Fälle wird dir mein Mann vorher den Hals gründlich auspinseln ...«

Halspinseleien waren für mich eine Höllenmarter.

»Es wird wunderbar werden für dich, Andreas. Erste richtige ungarische Mulotschag! Mit Zigeinermusik und Csárdás ...«

Ich machte im Laufe dieses Tages noch mehrere verzweifelte Versuche, mich durch eine Art innerer Selbstverstümmelung von dem Fest auszuschließen. Mittags aß ich Unmengen von Schlagsahne, die es zu einer köstlichen Maronispeise gab. Dann legte ich mich in den Garten unter einen Rebstock und fraß ihn rüde ab – es waren die üppigen, etwas fett schmeckenden dunklen Trauben, die sie hier »Schwarze Isabella« heißen. Danach trank ich Wasser, das in der Kutaser Puszta einen sonderbaren Eisengeschmack hat. Nach einer solchen Zusammenstellung wäre ich daheim todkrank geworden. Ich hatte ähnliches, in geringeren Dosen, bei gefürchteten Examensarbeiten ausprobiert. In Ungarn bekam es mir glänzend.

»Du schaust sehr wohl aus«, sagte am Abend János bácsi zufrieden, »man sieht, wie gut du dich in den paar Tagen schon erholt hast.«

»Es ist die Freide auf die Nacht«, bemerkte Frau Ilonka mit einem spöttischen Beiklang.

Wir, die beiden Csikys und ich, fuhren mit dem

Abendzug – erster Klasse natürlich; denn die Csikys hatten Freifahrscheine. Später bin ich zu der Meinung gekommen, die halbe ungarische Nation müsse auf Freifahrscheinen erster Klasse gereist sein.

Der Zug wartete ziemlich lange auf der Station Kutasipuszta.

»Du wirst sehen, sie wird wieder nicht fertig«, sagte János bácsi.

Ich bezog das auf ortsbekannte Mängel der Lokomotive. Aber dann schaute Herr von Csiky zum Abteilfenster hinaus und rief Herrn István Rácz zu:

»Welche ist es denn heute – die Alte oder die Junge?«

»Alle beide, János – alle beide«, antwortete der Stationsvorsteher, und das konnte sich nicht auf den Zug beziehen, weil der nur eine Lokomotive besaß.

Auch aus anderen Abteilen schauten bereits die Fahrgäste und stellten Fragen.

Herr Rácz István sah auf seine Uhr, zuckte verzweifelt die Achseln und tutete dann viermal kurz in sein Hörnchen, was mit dem langgezogenen Abfahrtssignal nichts zu tun hatte. An einem Fenster der Ráczschen Wohnung erschien daraufhin eine Gestalt und machte beruhigende Gesten.

Nach wenigen Minuten schritten zwei festlich gekleidete Wesen aus dem armseligen gelben Stationsgebäude und über den Schotter des ersten, grasbewachsenen Geleises, zwei Gestalten, die einen so feenhaft prächtigen Anblick boten, daß es allenthalben unter den Passagieren des Zuges berechtigtes Aufsehen gab. Manche applaudierten aus dem Fenster.

»Ausschauen tun sie heut' wieder!« sagte Mama Csiky bewundernd, indem sie die Tür unseres Abteils öffnete.

Mein Gott, das war sie! Piroschka war wirklich das Mädchen, dem ich gestern die schauerlichen Fragen gestellt hatten Was sollte ich tun? Mich aus dem Zug stürzen? Das hätte mir selbst dann, wenn das Zockelbähnchen in Fahrt gewesen wäre, nur geringen Schaden getan. Aber der Zug stand und wartete, bis die Frau Stationschef von Hódmezövásárhelykutasipuszta und ihre Tochter im Ballstaat eingestiegen waren.

Nichts von den erwarteten Schrecknissen begab sich zunächst in unserem Abteil. Frau Rácz, welche die Dunkelheit ihres Haars noch mit Ofenschwärze aufpoliert zu haben schien, stellte sehr förmlich vor:

»Mein Kind Piroschka – der Herr Stúdent aus Deitschland!«

Hatte dieses kleine Biest unsere gestrige unheilvolle Begegnung verschwiegen?

»Angenehm«, flüsterte ich und ergriff eine schmale Hand.

Es war mir gar nicht angenehm . . .

»Oh, es hat schrecklich ausgesehen«, sagte die Märchenfee mit dem taftknisternden Ballkleid in einem lieblich singenden Deutsch, »wie es Ihnen gestern hat die Vorderbeinchen eingéknickt!«

Nun war es passiert! Frau von Csiky behielt mich im Auge wie eine Löwenbändigerin ihre Dressurgruppe. ›Notbremse‹, dachte ich. Es war keine da. ›Toilette!‹ Es war keine da. In meiner Verzweiflung wählte ich als ungeschickteste Taktik den Gegenangriff!

»Warum haben Sie mir denn gestern nicht geantwortet?« fragte ich. »Warum haben Sie getan, als ob Sie nicht Deutsch könnten?«

Piroschka machte runde Augen und lächelte.

»Weil es ist so sähr, sähr schön gewesen, wie Sie haben

75

Deitsch geredet. Weil ich noch nie von einem Deitschen habe Deitsch reden hören, was ich so sähr liebe.«

›Zicke‹, ›Kaff‹ schien mir Ilonka von Csiky durch ihre Augensprache zu sagen, aber János bácsi sagte etwas anderes:

»Du mußt ›du‹ zu ihr sagen, Andreas! In Ungarn sagen alle Gymnasiasten, Studenten und Offiziere untereinander ›du‹.«

Ich würde diese Sitte nicht mitmacben – mit der da nie!

Aber da flötete Piroschka schon wieder »Wie heißt er?«

»Andreas«, sagte Frau Ilonka.

»Ich werde ihn Andi nennen.«

Auch das noch! »Andi« ... Aber mochte sie mich nennen, wie sie wollte – auf diesem Mulotschag heute abend sollte sie mich nicht zu Gesicht bekommen. Ich würde mich in irgendeiner Gartenecke stumm betrinken. Dann mochte geschehen, was da wollte ...

Als es später so ähnlich kam, wie ich gewollt hatte, war es mir auch wieder nicht recht.

Ich pokulierte kräftig mit meinem János bácsi, der sich über meine Begeisterung an den ungarischen Weinen freute und mich Plattenseer vom Stuhlweißenburger, Karlowitzer vom Erlauer unterscheiden lehrte. Frau Ilonka und die Frau Stationschef waren ganz der Betrachtung des Festes hingegeben, das sich auf einer marmornen Terrasse vor dem Kasino vollzog.

Im Gegensatz zu dem Budapester Weingarten gab es hier eine Fülle von Licht. Die Zigeuner kamen mir noch um einige Grade dunkelhäutiger und echter und sehr viel leidenschaftlicher vor. Und je mehr der Wein von meinen Ängsten und meinem Groll hinwegschwemmte, um so bezaubernder fand ich das äußere Bild des Festes: die Offiziere in prächtigen Uniformen mit goldenen Verschnürungen, wie aus der Zeit vor 1914, und unter den Frauen so viel Schönheit und Liebreiz, daß ich mich fragte, wie solches alles in diesen verlassenen Erdenwinkel und in die Stadt mit den zusammengekehrten Häuschen gekommen sein konnte. Aber es war da, tanzte, lachte, trank – und sang.

Je vorgeschrittener die Stunde war, um so mehr wurde gesungen. Am Tisch von den Trinkenden – auf der marmornen Tanzfläche von den Tanzenden. Um so mehr auch wurde Csárdás getanzt.

Ich hatte im Münchner Operettentheater öfters Csárdás tanzen sehen, von outrierten Mädchen in rot-weiß-grünen Bänderhauben, die sich mit verkrampften Muskeln nach choreographischen Tabellen die Knie verrenkten. Aber hier, wo die Paare einander gegenüberstanden und sich kaum mit den Füßen von der Stelle bewegten, lag in den kurzen, zuckenden Bewegungen der Frauen, dem Zusammenschlagen der Hacken bei den Offizieren, dem Sichanschauen, Fassen und Lösen der Paare so viel Anmut und verhaltene Leidenschaft, daß ich immer faszinierter hinschaute.

Einmal kam ein schwarzgewandeter, weißhaariger Herr mit einem vergnügten roten Gesicht an unseren Tisch. Er schlug mir so heftig auf die Schulter, daß ich zusammenzuckte, und rief »Éljen!« Ich mußte aufstehen und mit verschränkten Armen mit ihm »Ex« trinken. Dann steuerte er zum nächsten Tisch, um wieder jemanden hochleben zu lassen. Es war der Pfarrer Pali bácsi, mein alter Gastgeber.

»Morgen wird er wieder eine Predigt vorbereiten«, sagte mein neuer Gastgeber augenzwinkernd.

Es war wunderbar, mit »Onkel Johann« zu trinken und zu plaudern. Er erzählte von den Herrlichkeiten des alten, reichen, großen Ungarn, von dem das, was ich hier sah, nur ein armer, kümmerlicher Abklatsch sein mußte. Von dem breiten Leben auf den Gütern der Csikys im verlorenen Siebenbürgen ...

»Was ist übriggeblieben? Ein armseliger kleiner Dorfdoktor, der von seinem Monatsgehalt als Kreisarzt gerade das Zigarettenpapier zahlen kann. Aber was macht das: Wir leben! Und Ungarn ist immer noch da droben! Schau«, sagte er und deutete zum Sternenhimmel hinauf, der so hell war, daß auch die Lichter der Kasinoterrasse seinem Glanz nichts anhaben konnten. »Weißt du, was das ist? Das Weiße quer über Himmel hinweg?«

»Die Milchstraße.«

»Sagst du! Wir Ungarn wissen anders: Staub von den Pferdehufen der toten ungarischen Helden, von Fürst Árpáds Zeiten an.«

Ich sah hinauf. Mir schwindelte ein wenig, als ich den Kopf hob – so viel Wein war ich nicht gewohnt. Aber dann meinte ich das große Bild zu sehen: Pferde, Pferde, weiße Pferde – und den silbernen Staub von ihren Hufen! Die Zigeuner spielten gerade einen ungarischen Marsch. Auch zu dem Marsch tanzten die Paare ihren Csárdás.

Der Mond hatte sich seit meiner Budapester Nacht gerundet. Er stand still am Himmel, und die hohen Akazien neigten sich, zogen ihm nach. Alles neigte sich, bewegte sich. Der Tisch, die Stühle auch.

»Willst du auch Csárdás tanzen?« fragte mich János bácsi, als ich einen mißlungenen Versuch zum Aufstehen machte. Es zog mich, wie der Mond die Akazien zog.

»Ich kann aber nicht Csárdás.«

»Piroschka kann ihn wunderbar.«

Piroschka – das war es ja! Den ganzen Abend hatte sie sich nicht um mich gekümmert. In der langen Nacht hatte sie sich nicht einmal an meinem Tisch gezeigt. Sie tanzte, lachte, trank wie die andern – wahrscheinlich mehr als die andern. Ich sah sie in den Armen junger Leutnants, die sie im Walzer an sich preßten – ich sah sie mit einem alten Major Csárdás tanzen, den sie verliebt anfunkelte ... Mich sah sie nicht. Mich ließ sie links liegen. Schöne Gastfreundschaft, das!

Frau Ilonka von Csiky kam an unsern Tisch. Sie sah heute jung und blühend aus, und man vergaß, daß ihr rotes Haar gefärbt war.

»Komm, Andreas«, sagte sie, »Csárdás tanzen!«

Ich schritt wie auf sich wellendem Gummi zur marmornen Fläche.

»Du brauchst dich nur hinstellen«, sagte meine Partnerin, »alles andere macht Musik.«

Sie machte es nicht. Bei einem Deutschen jedenfalls nicht. Ich stand da wie eine polynesische Götzenfigur, die von einem Erdbeben geschüttelt wird, und starrte auf die etwas üppige Dame vor mir, die aus mehreren Köpfen leidenschaftliche Blicke auf mich warf. Irgendwo rief irgend jemand, dies sei ein Ehrentanz für »unsern tapferen deutschen Verbindeten«, und alsbald stellten die andern den Tanz ein, suchten uns mit »Héj!« und »Éljen!« anzufeuern und klatschten in die Hände.

Aber bei mir war nichts anzufeuern. Ich trat bekümmert, leicht schwankend auf der Stelle und dachte: »Hätten dich lieber gestern die Hunde gefressen! Hätte dich bloß diese Person nicht gerettet! Irgendwo wird sie jetzt stehen, besternte, weihnachtsbaumgoldene Offiziere an beiden Armen, und mich auslachen.«

79

Wie ein Krautstampfer tat ich, einer Ohnmacht nahe, meine harte Pflicht und hörte nur immer wieder, wie jemand die Zigeuner anfeuerte:

»Schneller! Für unseren tapferen Kriegskameraden schneller, Zigeiner!«

Sie haben mich nachher im Garten über drei Stühle hinweg gelegt, und als ich aufwachte, meinte ich in Piroschkas Augen zu blicken und sie sagen zu hören:

»Weil es dir nur wieder besser geht, Andi.«

Doch das war sicher Greta gewesen – nur Greta konnte so zu mir sprechen. Aber sagte Greta »Andi«? Über dem Nachdenken schlief ich wieder ein. Silberner Staub fiel von den wehenden Akazien...

Als ich das nächste Mal aufwachte, stand Onkel János neben mir und sagte:

»Es ist gar nicht so schlimm. Das passiert einem jeden, der sich mit unserm Wein noch nicht auskennt. Ist dir besser von den Pillen?«

Ich hatte zwar nichts von Pillen bemerkt, aber mir war besser. Nur wunderte ich mich, daß die Milchstraße nicht mehr über mir stand und daß der Mond so hell schien. Auf der Terrasse wurde noch immer getanzt, doch waren es jetzt viel weniger Paare. Der Mond war die Sonne.

»Um acht fährt unser Zug nach Kutasipuszta zurück«, sagte der Doktor, »ich hab' schon das Sígnal bestellt!«

Der allgemeine Aufbruch erinnerte mich ein bißchen an Budapest. Als wir heimgingen, folgten uns auch hier die Zigeuner auf die Straße hinaus, und Pali bácsi sang laut und röhrend in einem wunderlichen Deutsch:

»Jetzt gammer nimmer haam, jetzt gammer nimmer haam, bis daß der Kaukuk schreit.«

Draußen war Leben wie am Abend meiner Ankunft.

Die Gänse liefen durcheinander und die Schweine – Bauernwagen rollten, und rotgoldener Staub wirbelte in der Morgensonne auf. Wir überschritten einen Marktplatz, wo große Brotlaibe auf Decken lagen. Ganze Säcke voll roten Paprikas waren da, und die Hausfrauen prüften seine Güte, indem sie die Finger anleckten und damit von der Hand des Bauern eine Kostprobe nahmen. Und dazu spielten die Zigeuner den Rákoczymarsch, und der städtische Schutzmann salutierte vor den Offizieren.

Mir war ein wenig wirr im Kopf, und ich hatte nicht mehr die Kraft, zu fragen, wie lange dieses musikalische Abschiedszeremoniell noch dauern sollte und welches sein Sinn war.

Es galt aber dies alles dem Mädchen Piroschka! In meinem lädierten Zustand hatte ich nicht bemerkt, daß sie inzwischen aus ihrem feenhaften Ballgewand geschlüpft war, um es mit einem braven Schulmädchenkleid zu vertauschen. Jetzt begleiteten wir die entthronte Ballkönigin zum Gymnasium.

Vor dem zweistöckigen Ziegelbau – einem wahren Hochhaus für die Verhältnisse von Hódmezövásárhely nahmen die Zigeuner Aufstellung. Die Offiziere legten die Hand an ihre Kappe, und unter den Klängen eines Csárdás schritt die Schülerin Piroschka Rácz feierlich die Steinstufen zu ihrem Gymnasium hinauf. Ein Herr mit einem richtungslos wuchernden, struppigen Bart ließ ihr beim Eintreten den Vortritt.

»Das war ihr Herr Direktor«, erklärte mir mein Doktor.

Ich besaß an diesem Morgen nicht mehr die Kraft, mich noch über irgend etwas zu wundern...

Aber das mit dem Signal nachher war, zum erstenmal

erlebt, doch so überwältigend, daß es mich für Augenblicke aus meiner schläfrigen Lethargie riß.

Wir fuhren mit dem Frühzug um acht Uhr nach Hause zurück, und ich sah wenig von der mir schon vertrauten Strecke, weil ich immer wieder einschlief und abwechselnd auf der Schulter der Frau von Csiky oder der Frau Stationschef erwachte.

Aber als János bácsi »Aussteigen!« kommandierte, merkte ich doch, daß wir noch nicht vor dem gelben Stationshäuschen von Hódmezövásárhelykutasipuszta angekommen waren.

»No, komm nur, Andreas«, sagte mein Pflegevater, »es stimmt schon! Vorsicht, es geht ein bissel tief hinunter.«

Dabei half er Frau Ilonka über den Schotter hinab und winkte mit weiten Armbewegungen nach vorn.

Die Lokomotive pfiff, der Zug ruckte wieder an und fuhr mit den übrigen Reisenden und der Frau Stationschef von dannen.

»Siehst du«, erklärte Herr von Csiky, »das mit dem Sígnal ist so: Du weißt, es steht gerade hinter meinem Haus. Und wenn ich heimkomm' vom Mulotschag, dann weiß der István schon Béscheid und laßt das Sígnal zu. Wir steigen hinaus, und er macht Sígnal auf. Zug fahrt weiter, und wir sind daheim.«

Ein wunderbares Land – dieses Ungarn. So menschlich ...

Beim Einschlafen hörte ich eine Stimme »Andi« sagen. Ich begriff nicht, wem sie gehörte. Ich war dazu auch viel zu müde.

Das »Signal«

Mit einemmal fühlte ich mich in der ungarischen Ecke der europäischen Landkarte, nahe der rumänischen und jugoslawischen Grenze, wirklich daheim. Von zu Hause bekam ich Briefe, die aus einer anderen, ganz und gar unwirklichen Welt zu kommen schienen. Die Eltern schrieben vom Dollarstand: wieviel Zehntausender man für ein Brötchen oder eine Flasche Bier hinlegen müsse, und sie klagten über das Wetter. Immerzu sei es kalt, und ich täte ihnen leid, daß ich meine erste große Auslandsreise in einem so verregneten Sommer habe machen müssen.

Aber es regnete gar nicht. Nie! Die Sonne ging früh auf und abends unter, und mittags zauberte sie Fata Morganen von Dörfern und Wäldern über die große Ebene. Nach beidem sehnte ich mich nicht mehr. Auch die Bora gab's nicht in Hódmezővásárhelykutasipuszta. Dieses schwere Wort sprach ich jetzt schon recht anständig, und die Abkürzung Kutasipuszta sogar mit einer legeren Eleganz.

»Andi, du bist ein echter Ungar geworden«, sagten meine guten Gastgeber, und ich war stolz darauf.

Wie die ungarischen Jünglinge und mein alter János bácsi ließ ich mir Koteletten wachsen.

Eines Tages kam aus Budapest mein mausgrauer Lodenmantel mit der Post angereist. Ich hängte ihn in den Schrank und lachte. Ein wenig dachte ich auch an Greta, die schuld daran war, daß ich damals den Mantel im Pester Studentenheim hatte hängen lassen. Sie hatte mir kein einziges Mal geschrieben. Vielleicht hatte der Rosinenmann sie längst abgeholt.

Aber ein bißchen weh tat es doch. Greta war zu reizend gewesen. Und wenn sie meinen Zettel verloren hatte, den ich ihr an jenem Morgen durch den Budaer Briefkastenschlitz geschoben hatte? Wenn sie verzweifelt darüber nachsann, wie sie zu mir zurückfände? Vielleicht würde sie eines Tages mit einem der Züge aus Richtung Szeged kommen... Ich achtete von nun an sehr genau auf alle Aussteigenden...

Das muß ich noch erzählen: Ich verbrachte jetzt einen großen Teil des Tages im Stationsgebäude von Kutasipuszta. Piroschka kam immer schon mit dem Mittagszug zurück – die Schule begann dort wegen der Hitze sehr früh –, und dann »tat ich mit ihr Dienst«.

Wir taten alle Dienst, die ganze Familie Rácz. Der junge Assistent des Bahnhofs war vor einiger Zeit erkrankt und lag im Szegeder Krankenhaus, und bis die Bürokraten aus Pest einen neuen schickten, meinte Vater Rácz, könne es noch eine gute Zeit dauern.

»Aber macht nix, Herr Student. Können glauben, meine Frau und die Piroschka verstehen sich so gut wie mancher studierte Technikus auf die MÁV.« (So hieß die ungarische Abkürzung für die Staatseisenbahn, und Spottvögel deuteten sie als: Macht alles verkehrt!) »Nix gegen die Studenten, Herr Student!« fügte er höflich beflissen hinzu.

»Und Sie haben ja auch noch den Sándor, István bácsi!«

»Der Sándor ist mehr Geld wert als gewisse hohe Herren von der Staatsbahn.«

In der Tat war Sándor unbezahlbar. Dieser alte Mann zog als Briefträger nie eine Uniform an, weil er früher Hirt gewesen war und sich von seinem ehrwürdigen Hirtenkittel nicht trennen mochte. Doch daran nahm auf der Puszta – es war übrigens doch eine, trotz Debrecen! – niemand Anstoß. Sándor brachte gewissenhaft die Briefe und nahm von den fernliegenden Höfen nicht nur die Post, sondern auch Bestellungen für den Kaufmann Laufer und Rezepte für die Apotheke mit und tat überhaupt Botengänge für alles und jeden. Abends stellte er im Wirtsgarten für seinen Chef die Kegel auf, und wenn wirklich alle Jubelwochen einmal ein Güterwagen auf der Station abgehängt werden mußte, spielte er sogar den Rangiermeister. Das tat er mit einer gewissen zeremoniellen Feierlichkeit. Er hängte sich ein Signalpfeifchen um den Hals und gab sich damit selbst die Befehle. Auch mit kleinen roten Fähnchen winkte er dann gern, was aber nicht politisch gemeint war; denn Sándor war königstreu bis in seine magyarischen Knochen und stolz auf seine Militärzeit bei den k. u. k. Dragonern.

Die wenigen deutschen Wörter, die er kannte, stammten alle noch aus der Kommandosprache der untergegangenen Armee, und er begrüßte mich gern, indem er, strammstehend, »Habtacht!« rief oder »Vergatterung!«. Darüber hinaus konnte er nur »Alle neine!« sagen, was er aber bei meinem dilettantischen Kegelspiel bisher noch nie nötig gehabt hatte.

Mit Sándor unterhielten Piroschka und ich uns oft, wenn wir am frühen Nachmittag auf dem schwarzen Ledersofa unter dem Patrioten Kossuth saßen und die angenehme Kühle des Raums genossen. Das heißt, Piroschka sprach mit Sándor und übersetzte mir in ihrem drollig singenden Deutsch seine Fragen. Er hatte ebenso verworrene Ansichten von Deutschland, wie wir daheim sie vom Lande Ungarn hatten, von dem wir nur die Begriffe Gulasch, Zigeunerbaron, Franz Liszt und Franz Lehár kannten.

»Sándor fragt, wann du holst dein Kaiser wieder.«

Seine monarchische Loyalität erstreckte sich auch auf die ehemaligen Verbündeten.

»Sagt, Kaiser ist ein so schöner Mann!«

Und strahlend demonstrierte mir der Briefträger die zwirbelnde Bartbewegung des »Es ist erreicht!«.

Ich sagte, der Kaiser habe einen solchen Bart seit dem Kriege längst nicht mehr und ich würde ihn doch wohl in Holland lassen. Das trübte die Miene des Alten ein.

»Sándor fragt, ob die Frauen bei eich noch tragen das Volksgewande?«

»Was meint er damit?«

Piroschka machte eine sonderbare Bewegung vor ihrem angenehmen Busen, und Sándor schlug mit seinem Taschenmesser auf Metallenes. Jetzt verstand ich alle beide nicht.

Da holte Sándor aus seiner weiten Kitteltasche ein offenbar selbstgestricktes, netzartiges Gebilde, das ihm als Brieftasche dienen mochte, und entnahm ihm eine uralte, vergilbte, zerknitterte Ansichtskarte, auf deren nachtblauer Vorderseite »Gruß aus Gotha« stand und deren Rückseite mit einer alten grünen Fünfpfennigmarke des Deutschen Reiches geziert war. Auf sie deutete er mit dem Finger.

»Deutsche Frau«, erklärte Piroschka.

Jetzt verstand ich: Den Brustpanzer der gekrönten

Germania hielt Sándor für unsere heimische Frauentracht! Ich sagte zu Piroschka:

»Wenn ich denke, meine Mutter sollte samt ihren Kränzchenschwestern so mit Panzer und Krone im Café sitzen ...«

Das Gespräch strandete an diesem Punkt, da es nicht möglich war, einem Pusztakind die Soziologie von Kränzchenschwestern klarzumachen.

Überhaupt erschien mir meine vormalige Existenz in der kleinen Heimatstadt aus dem Pusztablickwinkel sonderbar und in manchem auch fragwürdig. Nachts lag ich oft lange wach, da ich mit den Csikys allzu reichlich und schwer zu Abend aß und dann so bald nicht zur Ruhe kommen konnte. Doch fand ich es durchaus behaglich, bei weit offenen Fenstern in die Nacht hinaus zu lauschen und die Wiederkehr der wenigen Geräusche in der großen Stille zu erwarten.

Da war das Grillengezirp als Grundmelodie der Nacht. Dann um die bestimmte Zeit ein »Bim-bam« weither, danach das Hauptereignis, die Durchfahrt des Schnellzugs Arad–Budapest und, von diesem Ereignis geweckt, das zweite fahrplanmäßige Geschehen: das Gebell der Hunde. Das Gebell, hoch und tief, kläffend und sonor, zog förmlich dem Zuge nach. Unzählige Hunde in einem Umkreis von vielen Kilometern wurden von den Ausschreitungen der Technik aufgestört, und meine Photographierhunde waren bestimmt mit dabei ... Daheim war ich mit Dackeln aufgewachsen und trug eine bunte Schülermütze. Sonntags ging ich mit meinem Dackel und der Mütze, deren Farbe sich gemäß der fortschreitenden geistigen Aufklärung vom tiefen Schwarz bis zum lieblichen Orangerot aufhellte, zum Marktkonzert. Vom Untergang der »Titanic« an bis zum Ausbruch des Krieges spielte die konservative Stadtkapelle allsonntäglich als letzte Nummer: »Näher, mein Gott, zu dir«.

Das alles nun von Ungarn aus anzusehen – sonderbar! Jetzt wurden draußen die Hunde wieder still...

Und dann das ewige Glockenläuten und »Wacht am Rhein«-Singen in den ersten Kriegswochen! Die Fahnen und Fackelzüge! Immerzu schulfrei. Später wurde das seltener. Wegen der Seeschlacht am Skagerrak fiel bloß die Turnstunde aus. Am Schluß hörte es ganz auf. Am Schluß hörte alles auf. Ich lag fiebermatt im Bett, als mir Vater die kokardenlose feldgraue Soldatenmütze des heimgekehrten Nachbarn an mein Grippelager brachte. Und dann aßen wir nach Jahren die erste Schokolade, die aber nach etwas ganz anderem als nach Schokolade schmeckte, und überseeischen Schweinespeck, der es in gemeinsamen Lagerräumen mit der Schokolade gehalten haben mußte.

Danach kamen neue Hungerjahre. In ihnen wurde die Schiebewurst erfunden: eine Scheibe Wurst auf ein trockenes Brot gelegt und mit den Zähnen vor sich hergeschoben, immer den verlockenden Duft in der Nase, und das Ganze mit dem letzten Bissen Brot konzentriert genossen. Aber mit leerem Magen immer das Lied in der Kehle – das Volks- und Wandervogellied –, mit Schillerkragen, Rabindranath-Tagore-Gedichten und Karamelpuddingkochen im Frühlingswald. In diesem Frühjahr 1923 hatte ich seit Jahren die erste halbe Orange gegessen, die mir eine Studentin in der Ramsau bei Berchtesgaden geschenkt hatte.

Draußen krähte ein Hahn. Andere Hähne würden ihm bald antworten, und die Hühner würden ihr Tagewerk des Eierlegens beginnen. Draußen hingen die

Stöcke voll Weintrauben, und ich durfte so viele essen, wie ich mochte. Im Hof war eine Speckkammer, und der Speck darin schmeckte nach Speck. Und ich lebte in diesen Wochen wie die Made im Speck. Danke, lieber Gott, ich bin hier näher bei dir – auch ohne eine Stadtkapelle. Herrgott in Ungarn! Alle Hähne krähen mich in den Traum...

Am schönsten waren aber doch die Nachmittage, wenn Sándor unterwegs war. Dann saß ich allein mit Piroschka auf dem schwarzen Ledersofa. Vater Rácz hielt droben seinen Schlaf, und aus der Stationschefwohnung hörte man manchmal das Klappern von Geschirr. Piroschkas Mutter machte ihren Aufwasch.

»Sag einmal, Andi, warum nennst du mir nicht Piri?«
»Piri?«
»Ja, das ist – Joi, wie sagt man: géliebtes Wort? No, was halt so beste Freunde sagen.«
»Kosewort...«
»Ko-se«, sprach sie das Wort nach, und es klang chinesisch.
»Also werd' ich dich Piri nennen! Ich bin doch dein ›bester Freund‹, nicht wahr?«

Unter ihrer Sechserlocke sah mich Piroschka schief an, als ob sie meinte, es sei jetzt einer von uns zu weit gegangen.

Unsere Konten hatten sich inzwischen ausgeglichen: Mein Bösesein wegen der Hundeaffäre – ihr Bösesein, weil ich mich beim Mulotschag nicht um sie gekümmert hatte. Wir zogen unter plus minus Null einen Abschlußstrich, schauten durch die offene Tür auf die weite Ebene hinaus, auf die Maisfelder, in denen es vor flirrender Hitze und gesundem Reifen knackte. Der Telegraph tickte. Wir warteten auf den Zug aus Orosháza um vierzehn Uhr zwölf. Bei dem durfte Piroschka schon allein das Signal stellen, weil mit diesem im Schrittempo antrudelnden Marktfrauenexpreß nicht viel passieren konnte.

»Weißt du, Piri«, sagte ich, »manchmal kommt mir das vor, wie wenn ich als Kind Eisenbahn gespielt habe. Ich zieh da an so einer Kette – –!«

»Nicht zieh du, um Gottes willen! Es macht Sígnal hinunter für Ausfahrt, und Zug, was will abfahren, haltet noch einmal!«

»Was für eine Macht wir beide haben, was? Wir ziehen da – und ein paar hundert Leute dürfen nicht mehr aus Kutasipuszta fort!«

»Es würde einen gräßlichen Wirbel geben... Weißt du aber, daß ich schon einmal Sígnal hab' stellen dürfen, wie großes Schnellzug ist durchgéfahren, was aber nur in Orosháza und Szeged haltet – mit Schlafwagen und Essenwagen?«

»Wirklich, das hat dich dein Vater machen lassen?«

»Er ist dabeigéstanden, natürlich. Aber es war schon ein Géfühl...!«

Dann läutete es, »Bim-bam! Bim-bam!« Piroschka rief: »Kérem, Andi, mach Sígnal!«, und ich durfte den Marktfrauenzug aus Orosháza in die Station lassen. Ich war verteufelt stolz darauf, trotz der Würde meines ersten Semesters.

Auch die Post durfte ich jetzt manchmal stempeln, was eigentlich die Aufgabe von Mama Rácz war. Piroschka überprüfte die richtige Frankatur und las in aller Unschuld die abgesandten Postkarten. Das hatte sie von ihrer Mutter gelernt.

»Dieser Feri, so ein Schwein!« sagte sie dann beispielsweise. »Da schreibt er der Kata, was in Szeged bédienstet ist, daß er ihr ist trei. Dabei hat er ein Weibsbild in Orosháza. So ein Gésindel sind die Männer!«

Ihr Ausspruch schien aus profunder Lebenserfahrung zu kommen. Ich äußerte Bedenken gegen diese Art der Postkontrolle.

»Du darfst das doch nicht lesen, Piri«, sagte ich. »Es gibt doch ein Postgeheimnis!«

»Was ist das: Géheimnis?«

Ich hatte mit der Definition dieses moralischen Begriffs nicht viel Glück. Piroschka schüttelte den Kopf und sagte:

»Wann dieses Schwein von Feri will Géheimnis machen, so muß er eben Brief schreiben und zupetschieren. Karte darf ein jedes lesen.«

Dagegen konnte ich nichts Stichhaltiges erwidern. Andere Länder, andere Sitten – und die ungarischen mit ihrer freien, herzhaften Art gefielen mir im übrigen ausnehmend.

Sobald die beiden Abendzüge eintrafen, wurde es im Stationsgebäude feierlich. Dann versammelte sich die gesamte Besatzung, einschließlich des Briefträgers Sándor, im Dienstzimmer, und ich war bereits so pusztaisch akklimatisiert, daß ich es als eindrucksvolles Ereignis empfand. Rácz István gebärdete sich dann ernst und würdig, telephonierte in zwei Richtungen, ließ Signale läuten und zog gewichtig an Hebeln, die an sich ziemlich leicht zu bedienen waren. Frau Rácz hatte die Zeitungspapierwürstchen aus ihrem Haar entfernt, die sie oft noch, von der Nacht her, über den Mittag hinweg trug, und prangte in schwarzer Lockenfülle. Ihr oblag es, die aus beiden Richtungen eingehende Post zu sichten, während Sándor die geringe postalische Ernte der Puszta zum Zuge trug. Meine Anwesenheit hatte den Postumlauf nicht unbeträchtlich erhöht.

So geschah es nach einem besonders schön und friedvoll verlaufenen Nachmittag, daß gleich zwei Briefe mit meiner Adresse die ordnenden Hände der Frau Chefin passierten. Der eine trug die sehr korrekten Schriftzüge meines Vaters, und der andere war ein Inlandsbrief mit ungarischen Marken. Ein zartblauer Briefumschlag mit einer mir nicht bekannten Schrift. Aufmerksam äugte Piroschka, als ich ihn öffnete.

Ein Brief von Greta – das kaum noch erhoffte Wunder! Und was für ein Brief! Ein sehnsüchtiger Brief! Ein Brief mit dem Leitmotiv: Komm zu mir!

»Von wem ist dieses Brief?«

»Von einem – Kommilitonen.«

Zu faustdicken Lügen eignete sich das Wort.

»Kommi! . . . was?«

»–litonen!«

»Und was schreibt der Litone?«

»Es ist sehr schön am Plattensee.«

»Lese vor.«

So wenig galt mir in diesem Augenblick noch die kleine Person da neben mir, die doch schon ein wenig mein Herz anzukratzen begonnen hatte, daß ich unbesorgt den Brief der andern – als den Brief eines anderen – vorzulesen begann:

»Ich muß dir das alles zeigen: den See, der wie ein Meer ist, die Weinhänge, die bezaubernden Badeorte mit dem tollen Strandleben und den vielen Cafés. Ich hab' mir hier in Siófok einen süßen Badeanzug gekauft...«

»Hat er gern, daß du ihm in Badehose bésichtigest?«

Ich hatte etwas zu unbesorgt drauflosgelesen...

»Ja«, sagte ich, »wir sind alte Freunde.«

»Dann tut es wohl.«

Und ob es wohltat, sich das Mädchen mit den verwirrenden Beinen in einem süßen Badeanzug vorzustellen!

»Lese es zu Ende!« diktierte Piroschka.

Ich las zu Ende, in etwas überhetztem Tempo, um das Stationsmädchen nicht zum Nachdenken über fragwürdige Stellen kommen zu lassen. Nach dem »es küßt dich« hielt ich erschrocken inne; denn »Greta« traute ich mich doch nicht zu lesen, sondern las in kühner Improvisation »Franz«. Mochte die Kanaille so heißen ...

»Franz küßt dich«, stellte Piroschka tiefsinnig fest. »Und du hast immer gesagt: in Deitschland küssen Knaben sich nicht. Aber sie tun doch.«

Natürlich hatte ich das von dem Nichtküssen der Männer gesagt; denn das viele Um-den-Hals-Fallen und Wangenküssen war mir als einer der weniger sympathischen ungarischen Landesbräuche erschienen. Jetzt würde ich also auch Bauern, Pusztalehrer und Stationschefs auf die stacheligen Wangen küssen müssen. Betrübliche Konsequenz!

»Ja«, sagte ich abschießend scheinheilig, »nun werde ich doch einmal zu Franz nach dem Plattensee fahren müssen.«

»Aber natürlich werden wir«, stieß Piroschka mit einem kleinen Jauchzer aus. »Ich liebe Balaton so sähr.«

»Wen?«

»Balaton. Das Plattensee.«

Das hätte mir noch gefehlt: Mit dieser kleinen Klette zu Greta zu fahren ...

»Ach«, sagte ich ziemlich ehrlich, »ich glaube, er gefiele dir nicht.«

»Das muß schon mir überlassen werden! Oder, Andi« – was kam nun? –, »bist du eifersüchtig?«

Ich lachte schallend auf.

»Eifersüchtig? Aber, Piri, das würde doch heißen, daß ich und du – daß wir...«

»Was? Daß wir...?«

In ihren Augen funkelte es sonderbar. Was war denn da geschehen? War sie eifersüchtig? Auf Franz? Dann mußte sie doch etwas für mich empfinden, was über das Interesse am gemeinsamen Signalstellen hinausging. Eine Entdeckung, die mich ganz fassungslos machte: Piroschka und Greta – Greta und Piroschka.

Meine Verwirrung hielt bis zum Abend an. Wir schoben wieder beim Laufer Kegel, und ich warf die Kugel blindlings ins Blaue. Plötzlich schrie Sándor:

»Alle neine! Vergatterung!«

Und er salutierte vor mir wie vor einem besichtigenden General. Jetzt verstand ich die Welt überhaupt nicht mehr.

Die Hochzeitsfeier

An diesem Abend – durch die traditionelle üppige Maronispeise am Einschlafen gehindert – ließ ich einmal, statt der aufregenden Weltgeschichte, die sehr viel harmloseren Geschichten meiner kleinen Jugendverliebtheiten Revue passieren.

Das fing mit einer tiefgekühlten Liebelei auf einem Eislaufplatz in einem kalten, langen Kriegswinter an und setzte sich, mit wechselnden Erscheinungen und bei langsam ansteigenden Temperaturen, durch die Jahre hin fort. Mädchennamen und Gesichter – wie viele waren es? Ich zählte gewissenhaft: eins – zwei – drei – vier – fünf und so fort – im Durchschnitt eine Nummer in der Saison! – und kam schließlich auf acht. Nummer acht: Greta oder die unvollendete Liebe! Hätte man Piroschka dazugenommen, dann: »Alle neune!« Aber man konnte sie wirklich nicht dazunehmen.

Dennoch fing ich am nächsten Tag ein merkwürdiges Spiel an: Beim abendlichen Kegelschieben stellte ich mir vor, der gekrönte König inmitten der acht Paladine sei abwechselnd Greta oder Piroschka. Von dem Augenblick an zielte ich besser. Als ich bei einem märchenhaften Glückswurf den König allein herausschoß und der Brief- und Kegelbote Sándor »Habtacht! Vergatterung!«

schrie, lobte Vater Rácz meine Geschicklichkeit sehr und sagte, ich finge an, ihm Hoffnung zu machen.

Er ahnte nicht, daß es seine Tochter Piroschka war, die ich getroffen hatte, und daß ich wünschte, es wäre Greta gewesen. Piroschka aber saß neben ihrer Mutter und Frau Ilonka von Csiky auf einer brüchigen, altersschwarzen Holzbank dicht bei der ungepflegten Freilichtkegelbahn und schaute so stolz auf mich wie ein Ritterfräulein auf ihren Turnierhelden.

Dieser Abend wurde lang und dehnte sich bis in den Morgen; denn gegen elf erinnerte sich János bácsi daran, daß einige Kilometer entfernt, in südöstlicher Richtung und abseits der Bahnlinie, einer seiner Patienten, ein Windmüller, heute Hochzeit hielte. Gestern hatte man dem jungen Paar eine prächtige Torte geschickt, wie das auf der Puszta Brauch war, das farbenreiche Kunstwerk eines bulgarischen Zuckerbäckers in Orosháza, mit Rosen und sich schnäbelnden Tauben aus Marzipan im Mittelteil und mit einer patriotischen rot-weiß-grünen Umrandung. Nun beschloß der gute Doktor, seiner Torte nachzureisen und den vergnügten Kegelabend in einem ländlichen Mulotschag zu beschließen. Der Laufer sollte sein Wägelchen anspannen und uns in zwei Partien zur Pusztamühle befördern.

Herr Rácz, der Stationschef, lehnte jedoch die Teilnahme an dem Ausflug ab. Es war freventlich genug, daß er sich allabendlich von seiner Dienststelle entfernte und einen greisen, an Schlaflosigkeit leidenden bäuerlichen Nachbarn in seinem Amtszimmer die Wache halten ließ – den Nachtschnellzug aber konnte er dem alten Mann auch bei bester Gewissenlosigkeit nicht überlassen. Da Mutter Rácz vorgab, müde zu sein, blieb also von der Familie nur Piroschka übrig. Und die bestand sehr nachdrücklich darauf, zur Hochzeitsfeier mitgenommen zu werden, obwohl ich sie gern ihren Eltern nachgeschickt hätte. Denn seit das Mädchen mit mir zum Plattensee zu fahren wünschte, versuchte ich, sie mir weit vom Leibe zu halten.

Das war in diesem Falle gar nicht so leicht. Denn jetzt brauchte zwar der Laufer nur einmal zu fahren, aber es wurde im Wagen reichlich eng. Der Doktor saß vor mir auf dem Kutschbock, und ich wurde zwischen Piroschka und der gewichtigeren Frau Ilonka auf dem schmalen Rückbänkchen postiert. Das ergab, gegen meine Absicht, eine sehr nahe Tuchfühlung.

Es war eine sonderbare Stimmung in dieser Nacht. Ein starker, warmer Südwind wehte, fast ein Wüstenwind, der das Gesicht mit Sandkörnern massierte. Die hohen Akazien zu seiten unserer Fahrstraße ächzten und neigten sich und gaben abwechselnd die hellen, spätsommerlichen Himmelsbilder frei. Weich klang der Hufschlag des trabenden Pferdes im Sand des Sommerweges.

»Schau da hinauf, Andi« – Piroschka faßte meine Hand und bog mit der ihren mein Gesicht nach oben: »Straßenmilch!«

»Milchstraße.«

»No, oder Milchstraße halt... Weißt du, was das ist?«

»Der Staub von den Hufen der Rosse der toten Helden seit Árpáds Zeiten«, repetierte ich mechanisch.

»Das weiß man also in Deitschland auch?« stellte das ungarische Mädchen zufrieden fest. »Und wo reiten eire?«

»Unsere reiten nicht. Die wollen ihre Ruhe!«

»Schade...«

Frau Ilonka gluckste ein wenig vor sich hin, bis Piroschka nach einigem Nachdenken das Thema beharrlich wieder aufgriff.

»Habt ihr Helden?«

»Ja, in der Geschichte. Als Schulaufgabe.«

»Du wärest keiner, Andi?« flötete sie.

»Nein, danke.«

»Und der Litone?«

»Wer?«

»Der Ferencz am Balaton?«

›Wenn ich sie nur endlich von dem erfundenen Franz am Plattensee wegbringen könnte‹, dachte ich. Eine von fern herwehende, klagende Melodie kam mir zu Hilfe.

»Was ist das, Piroschka?«

»Das Géspiel? Tárogató! Das blast der alte Miklós, was Pferde weidet. Er blast noch die alten ungarischen Heldengésänge: Kuruzzenlieder.«

Man kriegte sie offenbar von ihrem Heldenkomplex ebensowenig weg wie von ihren Plattenseewünschen. Doch schwieg sie, da wir der Musik entgegenfuhren, und es war in diesen nun stärker anschwellenden einfachen Klarinettenweisen etwas von einer verzaubernden Schwermut.

»Szeretlek«, flüsterte Piroschka.

Aber der Doktor auf dem Kutschbock mußte etwas gehört haben, denn er fragte, sich umdrehend:

»Weißt du, Andreas, was ›Szeretlek‹ heißt?«

»Nein, János bácsi.«

»Ich liebe dich!«

Piroschka löste ihre Hand aus der meinen, und ich glaubte trotz der nächtlichen Finsternis zu bemerken, *wie* rot sie wurde.

»Es ist das Lied, was Miklós jetzt geblast hat.«

Ich traute ihr zwar nicht, bewunderte aber doch ihre taktische Gewandtheit.

Wir bogen in einen baumlosen Nebenweg ein. Das leichte Wägelchen schütterte und stieß. Unsere Köpfe wackelten hin und her. Der von Piroschka aber bewegte sich gegen die natürliche Stoßrichtung und kam mit dem meinen in Berührung.

›Nicht weich werden‹, dachte ich und bumste unsanft gegen ihren Kopf.

»Joi!« rief sie leicht schmerzhaft aus.

»Daran warst du selber schuld!«

Daraufhin sagte sie bis zum Ende der Fahrt kein Wort mehr und wackelte von nun an mit uns im Gleichtakt.

»Man sieht es schon!« rief nach einer Weile der Doktor Csiky auf seinem Ausguck und deutete mit dem beilgezierten Spazierstock voraus.

Ja, da sah man etwas, und was man sah, wurde immer spukhafter, je näher wir kamen. Eine schwarze Windmühlensilhouette zeichnete sich vom hellen Sternenhimmel ab, und den dunklen Leib und die zerfaserten Flügel der Mühle überhuschten lohende Flammen.

»Was brennt da?« fragte ich.

»Sie kochen ihren Gulyás im Freien. Du wirst gleich sehen. Nur Männer dürfen das.«

Es dauerte nicht mehr lange, bis wir bei der Mühle angekommen waren. Der Wirt Laufer mußte vorher abspringen und sein Pferd führen, weil die Flammen es unruhig machten.

Mit lauten Zurufen wurden die Doktorsleute begrüßt, und durch herumlungernde Kinder mußte die Nachricht von den hohen Gästen sogleich in den großen Mühlenraum getragen worden sein; denn schon im nächsten Augenblick waren wir von vielen Menschen und einer kleinen Zigeunerbande umgeben, die wie besessen fiedelte und das Cymbal schwirren ließ.

Das waren keine gesitteten, pomadisierten Zigeuner wie im Budapester Weingarten, und sie waren nicht einmal so zivilisiert wie die auf der Terrasse des Offizierskasinos in Hódmezövásárhely – diese hier waren tolle, schwarzbraune, verlotterte Burschen, wie frisch in der Wildnis eingefangen, mit abenteuerlichen, selbstgebastelten Instrumenten, die aber gleich alten Stradivaris oder Guarneris klangen, süß, voll und schwer. In dem durcheinanderstrudelnden fremdsprachigen Trubel, der mir die Doktorsleute entriß, war es mir gar nicht so unangenehm, das Bahnhofsmädchen mit der Sechserlocke neben mir zu wissen, das mich nicht aus seinen Augen und Händen ließ.

Plötzlich hörte ich das Wort »Német« – »Deutscher«, und es hatte eine ungeahnte Wirkung. Der Strudel zog mich und Piroschka in seinen Mittelpunkt. Mächtige Bauernpranken streckten sich mir mit Grußworten entgegen, man ließ mich mit »Éljen!« hochleben und schloß mich in bärenstarke Männerarme.

»Du mußt ihnen küssen«, sagte Piroschka. »Sonst sind sie geleidigt.«

Warum hatte ich leichtfertig geschwindelt, daß in Deutschland diese allgemeine Abschleckerei üblich sei? So küßte ich bärtige und stopplige Männerwangen, die säuerlich schmeckten, und harte Münder mit dem Aroma von Tabak, Wein und etwas noch Undeutbarem.

Das Undeutbare war Gulyás! Als ich mich durch die männliche Statisterie mit den aufgedrehten Schnurrbärten und den runden Filzhüten hindurchgeküßt hatte – einen Augenblick meinte ich, Piroschka habe sich vorgedrängt, um von mir in dieses Zeremoniell mit einbezogen zu werden –, führte man mich wie ein Schlachtopfer zu dem Kessel mit den lodernden Flammen.

Ein Alter mit silbernen Locken tauchte eine mächtige Schöpfkelle tief in die brodelnde Masse, hob sie ans Licht und reichte sie mir mit ritterlicher Geste.

»Schluck!« sagte Piroschka. Ich schluckte. Ich ächzte, stöhnte, hustete. Es war schauerlich! Ich fühlte mein Inneres verbrennen – tiefer, immer tiefer... Der hinzutretende János bácsi grinste.

»So ist recht«, sagte er. »Es heißt bei uns in Ungarn, richtiger Gulyás muß zweimal wie die Hölle brennen – wann er hineingeht in Körper und wann er ihn verläßt.«

Vom ersten war ich überzeugt; denn diese Teufelssuppe brannte schon während ihres Hinwegs auf eine vertrackte Doppelweise: durch ihre Temperatur und durch die Schärfe des roten Paprikas. Später erst, als ich vorsichtiger kostete, mich an die scharfe Würze gewöhnt hatte und sie durch Rotwein lindern lernte, erkannte ich, wie vorzüglich dieses von Männern bereitete Gericht war. Ein fetter Ochse war allein für dieses Hochzeitsgulyás geschlachtet worden, das die lange Nacht hindurch immer wieder aufs neue serviert wurde – auch nach den delikaten Backhendln – und sogar noch einmal nach den süßen Torten, dem Präsent der Nachbarn...

»Nun weißt du, was ungarischer Gulyás ist«, sagte Doktor von Csiky stolz, als er bemerkte, daß mein erstes Erschrecken in Wohlgefallen überging. »Was man in Wien so heißt, ist ein schäbiges Pörkölt und sonst nix.«

Es ist »schäbiges Pörkölt«, was man manchenorts in deutschen Gasthäusern, aus flechsigen Fleischresten gemengt, in eine verdüsterte Soße steckt, und sogar das »Gulasch« guter Köche ist meist noch pusztaweit von meinem nächtlichen Windmühlenerlebnis entfernt. Rot und schwer muß das Gulyás sein, von bestem, erlesenem Fleisch – und brennen herauf und hinunter. Und zweimal ...

Nun wurde ich wie ein einziehender Souverän, unter Vorantritt der fiedelnden Zigeuner, in das Innere des Hochzeitshauses geleitet. Piroschka schritt mit hochgerecktem Näschen an meiner Seite. Sie genoß offenbar die Ehrung mehr als ich.

Der improvisierte Festsaal, in dem entlang den Wänden frisch gezimmerte, weiß gescheuerte Tische standen und der in seiner Mitte eine große Tanzfläche freigab, mochte sonst ein Lagerraum für Mehlsäcke sein, denn feiner Mehlstaub lag in den Dielenritzen und auf den Deckenbalken, von denen zwischen Schmuckgirlanden Petroleumlampen niederhingen. Die Lampen schwankten und flackerten vom Gedröhn der Csárdás stampfenden Jugend. Wolken von Tabaksrauch machten die Luft im Raum so dick und undurchsichtig, daß ich erst später erkannte, von welcher Art der Girlandenschmuck an der Decke war: Weinlaub mit schweren, reifen Trauben dazwischen.

Die Tanzenden schwitzten in dem überheißen Saal, und auch von den Gesichtern der Essenden rannen Schweißbächlein nieder. Es war ein richtiges Bacchanal.

»Gefällt es dir?« rief Ilonka von Csiky mir über den Tisch herüber zu.

»Ja, danke.«

»Trink!« sagte der Hochzeitsvater, ein gewaltiger Mann mit aufgeblähten roten Backen, zu meiner Linken.

»Ja, danke.«

»Willst du mit mir tanzen?« fragte Piroschka zu meiner Rechten.

»Ja, danke. Das heißt, später.«

Noch hatte ich bleierne Füße, und je bleierner die Schwere auch in meinem Magen wurde, um so weniger fühlte ich mich als hüpfbereiter Satyr. Aber der Wein machte mich allmählich doch wieder leichter.

Jetzt sah ich meinen János bácsi singen! Er sang und schlug mit der Faust auf den Tisch. Auch die anderen an den langen Tafeln sangen und schlugen die Fäuste nieder, daß die Geflügelknochen auf den Tellern rasselten.

»Kuruzzenlieder«, sagte Piroschka, »alte Heldengesänge!«

Nun, was da schwer stampfend aufbrandete und von den Zigeunerfiedeln in einen immer reißenderen, treibenderen Rhythmus gejagt wurde, war eindrucksvoll genug! Das war eine Urgewalt und kein patriotischer Klischeegesang.

Als es vorüber war, rief eine orgelnde Baßstimme: »Nem! Nem! Soha!« und alle stimmten ein: »Nem! Nem! Soha!« Das klang wie eine Schwurformel.

»›Nein! Nein! Niemals!‹ heißt das«, rief mir Ilonka von Csiky erläuternd zu. »Das ist dreimal nein – Trianon, verstehst du?«

Ich verstand durchaus nicht.

»Trianon ist Friedensvertrag, was Ungarn hat so klein gemacht nach dem Krieg«, sagte Piroschka.

Trianon war also ihr Versailles, und der Name gab wirklich Gelegenheit zu einem eindrucksvollen Wortspiel. Doch konnte ich über die Weltpolitik um so weniger nachdenken, als ich schon im nächsten Augenblick selbst zu ihrem Mittelpunkt gemacht wurde. Irgendwo rief einer: »Éljen németország«, und es gab sogleich ein ungeheures »Éljen«-Getöse.

Mit Bechern und Gläsern drängten sich die wohl mehr als hundert Gäste zu meinem Platz.

»Du mußt mit ihnen für deinen Vaterland aufstoßen«, sagte Piroschka.

Becher stieß an Becher und Becher an Glas, eine Wolke von Sympathie umgab mich, und teilweise recht beschädigte Bruchstücke der deutschen Sprache – aus Militärerinnerungen und galizischen Schützengräben bewahrt – umschwirrten mein Ohr.

»Donnerhall!« sagte ein uraltes Bäuerlein und beschwor damit Reminiszenzen an die »Wacht am Rhein«. »Kamerad« wußten viele.

»Lilljälalljä auf mein Grab« konnte von mir als das Soldatenlied von den »drei Lilien, drei Lalien« identifiziert werden, und was ein junger Bauer augenzwinkernd sagte, indem er zu Piroschka hinüberblinzelte: »Mädchen kussen! Csókolni!« verstand ich bereits auf deutsch und ungarisch. Denn »küssen« lernt man in den meisten fremden Sprachen als eine der ersten Vokabeln, besonders solange man jung ist.

Ich sah Piroschka erröten bis unter die Sechserlocke, und da die patriotische Welle nun von mir wegebbte, hätte ich dem Kommando des jungen Bauern Folge leisten können, ohne daß ich besonderen Widerstand hätte erwarten müssen. Aber ich dachte, vom Wein angenehm beunruhigt, mehr denn je an Greta. Mit wissenschaftlicher Kühle fragte ich:

»Wo ist eigentlich das Brautpaar?«

»Schon weggegangen. Es hat so früh angefangt!« sagte Piroschka und meinte im zweiten Satz das Fest.

»Und was tun sie jetzt?«

Wieder wurde Piroschka rot bis unter die Sechserlocke. Diese Nation war so unsachlich.

»Jetzt werden alle tanzen«, rief János bácsi, als die Zigeuner mit neuem, verstärktem Schwung zu spielen begannen, nachdem sie einen Sammelteller mit gehäuften Geldscheinen erfreut einkassiert hatten. »Du mußt dir Piroschka nehmen!« flüsterte er mir beinahe drohend zu und holte sich selbst Frau Ilonka zur Saalmitte.

Piroschka schmiegte sich fest in meinen Arm, als ich sie wegführte.

»Es gibt zu deiner Ehre ein deitsches Tanz«, sagte sie. »Walzer!«

Schöne Ehrung! Walzer konnte ich am allerwenigsten, seit mich in den Tanzstunden daheim meine Lehrerin als ihren hoffnungslosen Walzerlehrling immer wieder rabiat gegen die Schienbeine getreten hatte. Aber Piroschka, federleicht beschwingt, riß mich herum und wirbelte mich Bleiklotz doch durch den Saal. Ich stieß an Leiber und trat auf ausgedehnte Füße, hörte aber überall nur freundliche Zurufe wie »Éljen!«, »Németország!« und »Donnerhall!«.

Unversehens wurde aus dem Walzer ein Csárdás. Der erleichterte mir vieles; denn jetzt hatte ich im wesentlichen auf der Stelle zu treten, die eine Hand in die Hüfte einzustützen, die andere auf mein Haupt zu legen und manchmal »Héj!« zu rufen. Der viele Wein nahm mir Hemmungen. Mitunter faßte Piroschka mich um die Taille und wirbelte mich in mörderischem Tempo um mich selbst. ›Jetzt sollten sie mich daheim Csárdás tanzen sehen!‹ dachte ich stolz.

Aber aus dem Csárdás wurde, durch eine Tücke der Zigeuner, ein wildes Hüpfen. Die Burschen sprangen hoch, immer höher – bis sie nach einer der Trauben langen konnten, die sie herunterrissen und ihrer Tänzerin überreichten. Dafür mußte ihnen nach altem geheiligtem

Vorrecht ihr Mädchen einen Kuß geben. Es entstand viel Lärm, Lachen und Johlen bei dieser Angelegenheit, und ich sah selbst meinen guten Onkel Doktor hüpfen und von seiner Ilonka einen Kuß empfangen.

»Wirst du mir einen Weintrauben geben?« fragte Piroschka und machte begehrliche Augen.

»Ich kann nicht gut springen«, sagte ich, und ein großer Turner war ich wirklich nie gewesen.

»Ich werde dir dann – csókolni...«

Nein, meine Dame, das mache ich nicht mit! Ungarische Volksbräuche in Ehren – ich bin ein Deutscher!

Ich stand ehern wie der Teutoburger Hermann in der quiekenden, hüpfenden Masse, die um uns herum die Decke abbeerte.

Piroschka sah nach oben, und in ihren Augen schimmerte es feucht.

»Jetzt ist zu spät!« sagte sie, als auch die letzte Traube abgerissen und der letzte Brauchkuß verteilt war. Sie sagte es leise und traurig.

»Sollten wir nicht lieber ein bißchen an die frische Luft gehen?«

»Bitte schön, wenn du mogst.«

Sie ging, nur noch lose bei mir eingehakt, mit in die Nacht hinaus. Draußen war das Feuer unter dem Gulyáskessel endgültig niedergebrannt, und die Mühle mit ihren mächtigen, zerfaserten Flügeln stand nun schwarz gegen den Himmel, der sich im Osten matt zu erhellen anfing. Irgendwo schnoberte das Pferd vom Laufer. Der abnehmende rote Sichelmond lag im Untergehen über einem Maisfeld, in dem es raschelte und flüsterte.

»Wir wollen wieder hineingehn«, sagte Piroschka und zitterte ein wenig. Sie fröstelte wirklich.

Bald danach saßen wir in unserm Wagen und fuhren

heimzu. Der Doktor auf dem Kutschbock pfiff laut vor sich hin. Wir im Fond redeten nicht viel und wackelten wieder im Gleichtakt mit den Köpfen. Einmal fragte mich Ilonka von Csiky:

»Nun, Andreas, hast du auch eine Weintraube für Piroschka herabgeholt?«

»Nem! Nem! Soha!« sagte ich, mit einem unglücklichen Versuch, zu scherzen.

»Aber zu einem ungarischen Mädchen darfst du doch nicht ›Nein! Nein! Niemals!‹ sagen«, antwortete Frau Ilonka.

Obwohl ich in dieser Nacht unmäßig viel gegessen hatte, war es auf der Heimfahrt nicht mehr so eng auf dem Rücksitz wie während der Hinfahrt.

Köpfe im Keller

Neben meiner Kaffeetasse lag am Morgen eine knallbunte Landschaft, die Sándor vom Frühzug mitgebracht hatte: tintenblauer Himmel, laubfroschgrüne Bäume, Marzipanvillen und ein mit Schlagsahnewellen garnierter See. Auf der Rückseite stand: »Die Karte ist scheußlich, aber die Landschaft herrlich. Du *mußt*(!!!) zum Wochenende nach Siófok kommen. Ich habe in der ›Pension Márton‹ noch ein Zimmer bekommen – ein tolles Glück, wo alles hier überfüllt ist. Ich freu' mich so. Kuß, Greta!«

Jetzt entschied sich mein Schicksal – vielleicht mein ganzes künftiges Leben. Das unterstrichene »mußt« und die drei Ausrufezeichen dahinter waren der Tod des Rosinenmannes. Und der offen bekannte Kuß! Was für ein Glück, daß die Karte mit der Frühpost gekommen war und der neugierigen Piroschka nicht hatte in die Hände fallen können . . .

Heute war Freitag. Morgen würde ich zum Plattensee fahren. Frau Ilonka las mir's noch beim Frühstück vom Gesicht ab, daß etwas Besonderes in mir vorging.

»Hat man dir Angenehmes geschrieben, Andreas?«

»Ja, ich möchte morgen zum Plattensee fahren. Eine alte deutsche Freundin hat mich eingeladen.«

»Die alte muß aber jung sein, sonst wärst du nicht in einer solchen Rage.«

»Ja, und sehr hübsch«, bekannte ich, denn man ist in dem Alter noch glücklich, seine Liebe mitteilen zu dürfen.

»Schad' für Piroschka«, sagte Frau Ilonka nach einer kleinen Pause.

»Ach, Piroschka«, antwortete ich obenhin, »das ist doch bloß eine nette Kameradschaft.«

»Wenn du meinst, Andreas? Aber du wirst ihr sagen müssen, daß du zu der Deutschen fahrst.«

Der Kleinen meine Reise auf die Nase binden? Hinterher, ja – im voraus nie! Ich mußte im Gegenteil alles vermeiden, was sie meine Abfahrt bemerken ließ. Und ich fand einen großartigen Ausweg. Die Frau Unitariuspfarrer hatte mich beim Offiziersmulotschag eingeladen, wieder einmal einen Abend bei ihr und ihrem Mann zu verbringen. Ich würde also mit dem heutigen Abendzug nach Hódmezövásárhely reisen, dort über Nacht bleiben und morgen mittag die Weiterreise zum Balaton antreten. Der Frühzug war Piroschkas Schulzug, und ich traute ihr zu, daß sie mitsamt ihrer Schulmappe wieder eingestiegen und mitgekommen wäre. Gegen ihre Neugier bedurfte man eines Schutzsystems. Ich sagte das auch Frau Ilonka ganz offen.

»Meinst du, daß es nur Neugier ist?« fragte sie zweifelnd, »nicht auch ein bissel Eifersucht?«

»Aber sie glaubt doch, daß ich zu einem Freund fahre...«

»Und du glaubst, sie glaubt wirklich an den Freund?«

»Sicher!«

»Na, dann ist gut. Ich werd' ihr nix sagen. Man soll in so etwas nicht hineinpfuschen, so nicht und so nicht.

Damit müßt ihr jungen Leut' schon selber fertig werden.«

Sie war eine famose Frau.

Frau Ilonka tat sogar noch ein übriges. Sie begleitete mich am Abend zum Zug und gab mir in Gegenwart der Frau Stationschef Grüße und ein Päckchen für Pfarrers mit. Piroschka wurde weder am Bahnsteig noch im Amtszimmer sichtbar. Vielleicht war sie gekränkt, daß ich mich am Nachmittag nicht zu unserer üblichen Plauderstunde auf denn Ledersofa eingefunden hatte. Um so besser, dann brauchte ich sie nicht zu beschwindeln. Mit leichtem Herzen und sehr reinem Gewissen saß ich in dem vertrauten Züglein.

In Hódmezövásárhely kam alles anders, als ich vermutet hatte. Die Dame mit den Ringelstrümpfen war bei meiner Ankunft nicht zu Hause – und der Herr Pfarrer verstand ja kein Wort Deutsch. Dennoch zeigte er, auf echt ungarische Art, eine unbändige Freude, mich bei sich zu sehen, und da er offenbar gerade wieder eine Predigt und zum Anfertigen dieser Predigt eine Flasche vor sich hatte, lud er mich mit weiten Gesten ein, ihm zu helfen. Bei der Flasche.

»Tokaj!« sagte er und spitzte den Mund.

»Jo«, sagte ich in meinem Sonntagsungarisch, und das hieß kurz und gut: »gut!«

Der Herr mit dem kräftigroten, glattrasierten Gesicht und dem lustigen weißen Haarkranz um seine kultivierte Spiegelglatze lachte heftig. Dann tranken wir uns mit dem goldgelben Wein zu, bis die Flasche leer vor uns stand. Als sie leer war, holte der alte Herr die nächste.

»Jo«, sagte er, indem er sie entkorkte.

»Tokaj«, antwortete ich diesmal.

Wir konnten uns schon ganz hübsch unterhalten, und

für das andere sorgte der aus feinsten Trockenbeeren durch den natürlichen Traubendruck erzeugte Edelwein. Mit der Predigt war es offenbar nicht so eilig.

Vor der dritten Flasche begannen wir kräftig zu essen: Paprikaspeck mit mächtigen Ranken schneeweißen Brotes. Mein Pfarrer bekam davon Durst für die vierte Flasche.

»Jo – jo!« sagten wir diesmal gleichzeitig beim Öffnen und lachten uns an.

Nach der vierten stand mein Gastgeber auf und sang die ungarische Hymne. Ich war schon landeskundig genug, um zu wissen, daß ich mich danach mit »Heil dir im Siegerkranz« revanchieren mußte. Dieses Lied war zwar inzwischen schon einige Jahre außer Kurs, aber für die Ungarn immer noch zuständig. Deutschland, Deutschland über alles mochten sie nicht, weil es die Melodie der alten österreichischen Kaiserhymne hatte – und gegen die hegten sie nationale Ressentiments.

Ich sang also gehorsam mein antiquarisches »Heil, Kaiser, dir!« und nahm anschließend die übliche Huldigung für mein Vaterland in vielen Schulterschlägen und feuchten Wangenküssen entgegen. Ich glaubte aus meinen bisherigen Erfahrungen sogar zu wissen, was der magyarische Wortschwall des Pfarrers bedeutete: »tapferer Verbündeter«, »Brudervolk«, »Versailles und Trianon«.

Als ich »Nem! Nem! Soha!« rief, war mein Pfarrer so begeistert, daß er nach einer neuen Flasche rannte.

Er kam nicht zurück. Ich wartete zunächst geduldig. Ich schaute in den Garten hinaus, wo die vertraute Schaukel matt in den Stricken hing und die Grillen so pausenlos schrillten wie am wunderbaren Abend meiner Ankunft. Wenn wenigstens die Dame mit den Ringelstrümpfen heimgekehrt wäre! Mein Kopf war schwer vom Tokajer, und ich wünschte schlafen zu gehen, um morgen für Greta ganz frisch zu sein.

Der Abend ging allmählich in die Nacht über. Im Hause blieb es unheimlich still. Wenn dem alten Herrn etwas zugestoßen wäre! Sein gerötetes Gesicht – Leute seines Schlages wurden oft Opfer eines Schlages ... Ich hätte gern im Zimmer Licht gemacht, aber als konservative Leute hatten Pfarrers immer noch Petroleumlampen, und ich besaß kein Streichholz.

Ich tastete mich durch die halbdunkle Wohnung, mit einem würgenden Gefühl im Hals, als müsse mir etwas Entsetzliches begegnen. Dicke, abgestandene Luft war in den Zimmern; denn die plüschbehangene Pracht der Repräsentationsräume wurde auch hier mit Mottenpulver und Jalousien gegen den Sommer geschützt.

Wo konnte nur der alte Herr seinen Wein haben? In der Küche? Ich fand die Küche mit einer wirren Unordnung abgestellter Gläser, Flaschen und Teller, die auf eine längere Abwesenheit der Hausfrau hindeuteten – den Pfarrer fand ich nicht.

Vom Küchenflur führte eine Treppe in den Keller. Drunten war rabenschwarze Finsternis. Ich zögerte, die steilen Holzstufen hinabzusteigen. Aber ich kletterte doch hinunter und tastete mich an der feuchten Wand entlang.

Grabesdunkel, grabesstill ... Eine Tür quietschte ekelhaft in den Angeln. Ich stieß gegen etwas, faßte danach: ein Kopf, ein Menschenkopf. Ein kalt gewordener Kopf! Der Pfarrer oder seine Frau? Hatte er sie gar ... Um Himmels willen, nein! Ich schrie auf, wollte davonrennen, stieß gegen einen zweiten Kopf – der kam ins Rollen. Ein dumpfes, unheimliches Poltern: Melonen,

Wassermelonen. Mein befreites Auflachen mochte etwas hysterisch geklungen haben. Ich war froh, als ich mich wieder über die Treppe hinaufgetastet hatte.

Oben sog ich tief die laue Nachtluft ein, die durchs Flurfenster kam. Ich merkte jetzt erst, wie müde ich war. Sollte das die Strafe des Schicksals dafür sein, daß ich der kleinen Piroschka so schnöde ausgewichen war? Aber was ich tat, geschah für Greta, die ich liebte und die mich liebte – und die meiner bedurfte, damit ich sie von ihrem griechischen Rosinenmann befreite.

Ich ging den Flur entlang, von der Küche weg. Er führte zur Kirche. Hier war der kleine Privateingang des Geistlichen in das unitarische Gotteshaus. Ich öffnete auch diese Tür. Vielleicht holte sich hier mein Gastgeber zu später Abendstunde die Inspiration für seine nächste Predigt.

Letztes graues Dämmerlicht durch die hohen, hell verglasten Fenster gab dem schmucklosen Raum mit seinen weißgekalkten Wänden etwas von trostloser Verlassenheit. Eine Bahre stand im Mittelgang, mit einem schwarzen Samttuch zugedeckt. Ich näherte mich ihr beklommen. Mir gruselte bei dem Gedanken, in diesem spukhaft leeren Raum mit einem Toten allein zu sein. Mein Entsetzen milderte sich zwar, als ich das verhangene Trauergerüst als Attrappe erkannte, aber ganz wich das Unbehagen dennoch nicht.

Ich rief in das leere Kirchenschiff hinein mein gesamtes, kümmerliches ungarisches Vokabular: »Ur!« – das hieß »Herr« – »Pali bácsi!« – ja sogar »Jo!« und »Tokai!«; denn ich meinte, vielleicht könne diese freundliche Lebensbeschwörung Rat und Hilfe bringen. Aber aus dem hohen weißen Gewölbe kam nur ein schauerliches Echo zurück. Als eine Fledermaus weichflüglig mein Gesicht umstrich, kehrte ich um, rannte davon und schlug die Kirchentür zu. Noch auf dem Flur vernahm ich den dumpf dröhnenden Nachhall.

Ich war jetzt stocknüchtern und durstig von dem süßen Wein. Die Müdigkeit wurde von meiner Erregung überwunden. Ich konnte es in dem Hause, das irgendwo ein schreckliches Geheimnis bergen mußte, nicht länger aushalten. Ich sehnte mich nach Licht und Leben, nach der lauen, atmenden Sommernacht.

Da hörte ich zum Glück ferne Zigeunermusik. Ich ging der Musik nach. Auf den Straßen zwischen den ebenerdigen Häuschen war es dörflich still. Um so lauter schallten mir Lachen und Stimmengewirr aus einem Gasthausgarten entgegen. Leben, köstliches, geliebtes, lärmendes Leben! Ich würde mich jetzt auch unter fremden Menschen nicht fremd fühlen ...

Keine fünf Minuten später fand ich meinen Gastgeber. Heiter saß er in dem Garten inmitten einer heiteren Runde junger und alter Menschen. Als er mich sah, fuhr er vom Stuhle hoch, tat einen beglückten Jubelruf, übersprühte mich mit einer ungarischen Wortkaskade und drückte mich auf seinen noch warmen Platz. Eine unmagyarisch aschblonde junge Frau erklärte mir lachend, daß der gute Pali bácsi auf dem Wege nach weiterem Tokaier in ihre Runde geraten sei und mich dabei völlig vergessen habe.

Jetzt wurde das Wiederfinden für ihn zum Anlaß, seine Gastfreundschaft erst recht an mir auszutoben, und ich, heilfroh, den alten Herrn unter diesen sehr Lebenden zu finden statt bei den kalten Köpfen im Keller, tat allen Groll über seine schnöde Vergeßlichkeit beiseite. Das Ganze artete wieder einmal in einen grandiosen Mulotschag aus.

»Und wann kommt die Frau Pfarrer zurück?« fragte ich meine Dolmetscherin.

»Ist verreist auf drei Wochen! Darum ist er ja so ...«

»Und wo ist sie?«

»Am Balaton, dem Plattensee, wie ihr Deitschen sagt.«

Dieser Name weckte mit einem Male wieder alle Sehnsüchte, Hoffnungen und Erwartungen in mir, und ich benutzte die gute Gelegenheit, endlich dem Pali bácsi erklären zu lassen, warum ich überhaupt im unitarischen Pfarrhaus eingekehrt sei: daß ich bäte, heute dort übernachten zu dürfen.

Abermals jauchzte der alte Herr beglückt. Er machte nur den Einwand, es könne unter den gegebenen Umständen zu keinem »Übernachten«, sondern eher zu einem »Übermorgen« kommen. So übersetzte es mir jedenfalls die Dolmetscherin mit dem Ton auf »morgen«. Als ich die Geschichte von den kalten Köpfen im Keller berichtete, sank mein fröhlicher Pastor vor Lachen beinahe unter den Tisch.

Was jetzt und hier begann, war eine für mich neue Art des Mulattierens mit viel Wein und Gesang, aber ohne Tanz. Dafür wurde erstaunlicherweise das Gespräch immer gebildeter und literarischer, je mehr man auf Grund des genossenen Alkohols befürchten mußte, daß es ins Leichte und Seichte abglitt. Mein Pali bácsi rezitierte in klangvollem magyarischem Pathos Gedichte von Petöfi, und in einem davon ging es, nach seinen wild rollenden Blicken und bohrenden Gesten zu schließen, um einen Wahnsinnigen, der ein Loch in die Erde gräbt.

»Ob Sie können etwas aus dem Goethe aufsagen?« fragte mich danach die aschblonde Dame im Auftrage der Tafelrunde.

Zum Glück konnte ich die Schülerszene aus dem
»Faust« auswendig. Ich rasselte sie leidlich herunter,
und daß kein Mephisto dabei war, schien nicht aufzufallen. Leider blieb ich bei der Theologie hängen.

Ein kleiner alter Herr, an dem, vom Kopf und den Augen angefangen bis zum Leib, alles kugelig war, empörte sich darob.

»Deitscher muß ›Faust‹ auswendig können«, rief er strafend, »ich kann ihm in Wachen und Schlafen! Auf deitsch!«

»Oh«, sagte ich bewundernd, »können Sie mir da nicht weiterhelfen?«

»Ich kann!« triumphierte er. »Sogar von hinten.«

Er sprang auf, und in schnarrendem Kommandoton begann er:

»Wär immer strebend sich bemiht,
Däm kennen wir erlesen . . .«

Damit war allerdings die Tragödie auch schon wieder aus, und als sich das Kügelchen hinsetzte, bekam es für seine Leistung starken Applaus.

»Ist das ein Professor?« fragte ich meine Tischnachbarin.

»Nein, ein pensionierter Oberst von den Husaren!« Drum.

Und wieder einmal ging die Sonne auf, und wieder begann auf der Straße das große Räderrollen der Bauernwagen, als wir endlich aufbrachen. Und wieder sang Pali bácsi laut:

»Jetzt gammer nimmer haam, jetzt gammer nimmer haam, bis daß der Kaukuk schreit.«

Der Himmel weiß, wo er sein deutsches Repertoire gelernt haben mochte.

Auf einem altmodischen, gebogenen Sofa, das im

Zimmer mit der konservierten Winterluft stand, schlief ich im Pfarrhaus tief und traumlos bis Mittag. Ich wurde davon wach, daß mein Pfarrer mit mächtig klappernden Tiegeln und Töpfen in der Küche hantierte.

Was er mir hernach servierte, war das Meisterwerk eines Wiener Schnitzels, papierdünn und mit einer knusprigen, zart aufbrechenden Kruste. Wenn dieser Mann halb so gut predigte, wie er kochte, durfte er unter den Kanzelrednern des Landes in hohen Ehren bestehen. Die Alkoholreste der langen Nacht spülten wir mit einem kräftigen Schnaps hinweg. Die Abschiedsküsse des alten Herrn waren feuergefährlich.

Als ich am frühen Nachmittag zum Bahnhof ging, fiel mir ein, daß ich mein langes weißes Nachthemd auf dem verbogenen Sofa hatte liegenlassen. Es war mein neuestes und schickstes, das mir Mutter zur Abreise geschenkt hatte, mit roten Börtchen paspeliert.

Die zweite Liebesnacht

Der Zug nach Budapest wurde in Hódmezövásárhely ungefähr um die gleiche Zeit eingesetzt, da Piroschka aus der Schule nach Kutasipuszta zurückkehrte. Das war ein beruhigender Gedanke.

Ich war fast eine halbe Stunde vor der Abfahrt am Bahnhof und machte es mir auf einem Eckplatz am Fenster, das nicht auf den Bahnsteig hinausging, bequem. Der Kutaser Zug stand mit qualmender Lokomotive abfahrbereit auf dem Nebengleis. Ich atmete auf, als er unter Hörnchengetute abfuhr. Mir war von der wilden Trinknacht ein wenig verworren im Kopf. Das Kipfel- und Wassergeschrei vom rechten Bahnsteig, das sanfte Blöken und Muhen eines Viehtransports vom linken schläferten mich Übernächtigten ein. Ich wurde wach, als der Billettkontrolleur vor mir stand.

Ich wurde ein zweites Mal wach, als wir zum erstenmal hielten und Piroschka vor mir stand.

Ich weiß noch genau, daß ich eine Art »Apage Satanas«-Beschwörungsgeste machte. Aber das Gespenst ging davon nicht weg. Es griff nach dem Leihköfferchen der Frau von Csiky, das über mir im Gepäcknetz lag, und kommandierte:

»Komm schnell!«

Ich mußte dem Köfferchen folgen, taumelte über einen Bahnsteig der zweitkleinsten Kategorie – Station aus zwei Sonnenblumen! – und fand mich und das Köfferchen in einem im übrigen leeren Abteil erster Klasse wieder.

Das heißt, das Phantom war auch noch da, blitzte mich mit seinen dunklen Augen an und sagte:

»Sitz!«

Eine entsetzliche Wut stieg in mir hoch.

»Was soll denn das heißen?« schrie ich. »Was willst du hier?«

»Mitfahren.«

»Wohin?«

»Nach Budapest.«

Gottlob nur nach Budapest...

»Hast du in Pest zu tun?«

»Nein, wir steigen dort um. Zum Balaton!«

»Du willst mit mir zum Balaton fahren?«

»Igen!«

Sie war so böse, daß sie das »Ja« auf ungarisch sagte, wo man mehr spitze Bosheit in das Wort legen konnte.

»Nein!« schrie ich. »Nem!«

Auch ich wollte mich ganz deutlich machen.

»Nix ›nem‹! Ich fahr' einfach mit. Was willst du dagegen mochen?«

Oh, ich konnte allerhand »mochen«. Sie aus dem fahrenden Zug werfen war die mildeste Vernichtungsart, die durch mein alkoholzerrüttetes Gemüt geisterte. Alle heimatliche Ehrenachtung würde ich mit diesem Scheusal in Menschengestalt zur Coupétür hinausbefördern.

»Du willst also zum Balaton fahren?«

Diese rhetorische Frage fand bei meinem Gegenüber

keine andere Antwort als ein erneutes Augenfunkeln unter der Sechserlocke.

»Du willst Franz kennenlernen?«

»Nein, Greta!«

Jetzt sah ich nur noch rot in dem rotgepolsterten Abteil.

»Wer hat dir etwas von Greta gesagt?«

»Sie selber. Du hast ja gélogen!«

»Sie selber? Wieso: sie selber?«

»Sie hat dir auf Karte geschrieben, du sollst hinkommen zu ihr an Balaton!«

»Und du hast das gelesen – –?«

»Nicht ich. Mein Müttärlein.«

Oh, über das Mütterlein dieses Ráczengeschlechts!

»Und du hast gélogen. Das ist schlimm!«

Das empfand ich als die Höhe der Infamie: Da wurde munter das Briefgeheimnis verletzt, und auf mich schoß man dafür moralische Pfeile.

»Und wie stellst du dir das jetzt vor?«

»Sähr schön. Balaton ist sähr, sähr schön.«

Zu ihrem Glück erschien der Billettkontrolleur, der mich vorher schon in der dritten Klasse abgefertigt hatte, nun in der ersten. Jetzt würde ich auch noch Scherereien wegen einer Nachzahlung kriegen! ›Aber ich zahle nicht nach‹, dachte ich, ›ich geh' wieder in meine Holzklasse zurück. Soll sie allein weiterreisen und mit ihren schwarzen Teufelsaugen die leeren Wände anblitzen!‹

Aber, siehe da, Piroschkas Teufelsaugen wurden lieblich, als der Schaffner hereinkam. Es war ein noch junger, fescher Mensch, dem die Uniformkappe schief auf dunklen Locken saß. Sie sprach mit ihm ungarisch, kokettierte und lachte. Sie warf Seitenblicke zu mir hinüber, und der uniformierte Gockel schien sich über mich zu amüsieren. Diese Situation war beinahe noch widerwärtiger als die vorhergehende.

Schließlich setzte sich der Mensch sogar, entgegen allen Dienstvorschriften, dicht neben Piroschka und schien ihr anzügliche Komplimente zu machen; denn sie errötete ein wenig dabei. Aber das war eben ihre Welt und ihr gewohnter Umgang: die Billettkontrolleure der Staatsbahn! Nie zuvor hatte ich so viel akademischen Hochmut besessen.

Erst auf der nächsten Station stieg der Gockel aus, um einen ellenlangen, blödsinnigen Stationsnamen auszurufen.

»Mit so eine dumme Bursch muß man nun schönmachen!« sagte Piroschka.

»Warum mußt du? Der Kerl gefällt dir doch...«

»Uj, där!« – so viel Verachtung in einer Mädchenstimme – »äkelhaft! Aber ich mußte doch, damit du nicht sollst nachzahlen.«

Auf einmal sprang das kleine Biest von seinem Sitz, setzte sich neben mich, kuschelte sich an meinen Arm und schaute, unter Entfaltung seines unbestreitbaren Charmes, zu mir hoch.

»No, es ist doch wunderbar, Andi? – Und es wird einen Wirbel geben daheim!«

»Deine Eltern wissen nichts davon, daß du mitfährst?«

»Nein! Da ist bloß mein Schulgepäck. Ich werde ihnen von Pest antelephonieren.«

Sie hatte wirklich nur die Schulmappe bei sich, deren spärlichen Inhalt sie mir vorwies. Das konnte nicht gutgehen – für sie. Das mußte gutgehen – für mich! Außerdem konnte sie während der drei Tage, die ich am Plattensee bleiben wollte, nicht mit einer lateinischen Grammatik, einer Logarithmentafel und einem deutschen Lesebuch als Reiseausrüstung auskommen. Ich sprach jetzt beinahe väterlich zu dem kleinen, warmen Ding an meinem rechten Arm.

»Schau, Piroschka, deine Eltern werden das nie und nimmer erlauben! Es geht doch auch gar nicht!«

»Der István« – so nannte sie unehrerbietig ihren Vater – »wird erlauben, wann ich sag', daß du mir einfach hast mitgenommen. Er liebt dir so!«

Nun, ich würde auch mein gewichtiges Wort am Budapester Telephon sagen, und das würde zweifellos zum sofortigen Rücktransport der entlaufenen Tochter führen.

Es kam anders! Wir stiegen auf dem Budapester Ostbahnhof aus und fuhren in die Stadt, weil wir vier Stunden Aufenthalt hatten und ich erst am Abend Anschluß nach Stuhlweißenburg und zum Plattensee bekommen sollte.

Vom nächsten Postamt aus telephonierte Piroschka. An ihrem Gesicht sah und an ihren langen Redepausen merkte ich, daß es im Stationsgebäude von Vásárhelykutas heftig herging. Sie goß Wortschwälle in die Telephonmuschel, heulte, lachte, flötete. Beim Aufhängen des Hörers zuckte sie mit den Achseln.

»Er ist doch böse auf dir!«

»Auf mich?« schrie ich, der ich keine Möglichkeit gefunden hatte, in das Gespräch einzusteigen.

»Ja, daß du mir hast vérführt!

»Was habe ich?«

»Ich hob gesagt, daß du mir hast vérführt, mit dir nach Balaton zu fahren.«

»Das hast du gesagt?! Und du denkst auch jetzt nicht daran, dem Befehl deines Vaters zu folgen?«

Ich sprach wie Ferdinands Vater in »Kabale und Liebe«.

»Doch . . .!«

Ein schüchternes Lächeln überhuschte ihre aufgeregten Züge.

»Du fährst also zurück?«

»Nein. Er hat zuletzt gesagt: Geh zum Teifel! Bist du nicht der Teifel, Andi?«

Dabei kam wieder dieser schreckliche, spätkindliche Charme über sie, der mich hilflos machte. Ich seufzte und schaute in die Ferne, in der mir Gretas verlockendes Bild entschwand.

Die ganze Geschichte war so verfahren und traurig! Schließlich sagte ich resigniert:

»Wir fahren heute abend zusammen zurück.«

»Das gäht nicht, Andi!«

»Warum nicht?«

»Weil letztes Zug nach Szeged ist schon hinweggefahren! Sonst wir müssen übergnachten in Buda.«

Nein, lieber wollte ich dieses Schulmädel zum Plattensee mitnehmen und es dort mit Gretas Hilfe weitgehend unschädlich machen . . .

Piroschka hing an meinem Arm und schlenkerte in der andern Hand ihre Schultasche, während wir zusammen durch die herrliche Stadt gingen, die mir nach meinem Landaufenthalt womöglich noch weltstädtischer und faszinierender vorkam als das erste Mal. Die Augen des Stationsmädchens, das ein nettes, rot-weiß gestreiftes Waschkeid trug, spazierten lustvoll umher. Ich gestand mir selbst, daß diese kleine Abenteurerin mich begeistert hätte, wenn nicht Greta gewesen wäre.

»Andi?«

»Ja?!«

»Mir ist durstig...«

Der Nachmittag in der Stadt war heiß, und auch ich hatte Durst. Ich schlug vor, irgendwo Kaffee zu trinken.

»Kennst du Margit-Sziget?«

»Nein, was ist das?«

»Insel in Donau. Sähr schön ist da!«

»Aber ist das nicht zu weit? Wir müssen rechtzeitig am Bahnhof sein.«

Als ich es gesagt hatte, ärgerte ich mich, daß ich mit dem »wir« die unabänderliche Tatsache unserer gemeinsamen Reise zum Plattensee anerkannte.

»Ist gor nicht weit: Dritte Bricke – daran hängt Insel.«

Es war wirklich so, als ob die schöne Strominsel an der Brücke hinge, von der ein Appendix, eine Abzweigbrücke, zu ihr hinabführte. Wir betraten ein Paradies von Blumenbeeten, Wiesenflächen, alten Bäumen und gepflegten, verschlungenen Promenadenwegen. Wir setzten uns in eine rührend altmodische, kleine Pferdebahn und fuhren damit zum andern Inselende, wo es Schwimmbäder und große Kaffeehäuser mit Unterhaltungsmusik gab.

»Ist das wunderbar hier!« bekannte ich ehrlich.

»Nicht wahr, Andi?« sagte sie, und Stolz leuchtete aus ihren Augen. »Hier wärden wir dem Kaffee trinken!«

Wir tranken »dem Kaffee«, der in Gläsern serviert wurde und mit einem Schlagsahneberglein garniert war, aßen köstliche Nußkipfel und lächelten uns an. Ja, die Verzauberung durch diese Stadt kam wieder so über mich, daß ich allen finsteren Groll dieses Nachmittags am beginnenden Abend vergaß. Das Windrauschen der großen, uralten Inselbäume trug Musik aus dem Pavillon mit sich, zu uns her oder von uns weg. Auch die fremden Stimmen in der fremden Sprache vermehrten als melodiöses Rauschen das Glück der Ferne.

»Mein Gott, Piri.« Ich fuhr plötzlich vom Stuhl hoch. »Müssen wir denn nicht zur Bahn?«

»Ujä, ist zu spät! Zug fahrt in Viertelstunde!«

»Und wie lang brauchen wir zum Bahnhof?«

»Mindestens halbe!«

Ich bezahlte. Wir rannten los. Das Pferdebähnchen war eben davongezockelt, und das nächste fuhr erst wieder in zwanzig Minuten. Es war völlig sinnlos, noch weiterzulaufen, aber ich rannte doch in blinder Verzweiflung weiter, mit meinem Lederköfferchen in der Hand. Hinter mir japste das kurzbeinigere Mädel mit dem Schulmäppchen. Ein Schutzmann sah uns verwundert nach. Als wir an der kleinen Brücke waren, die zur großen Brücke hinaufführte, sagte Piroschka:

»Jetzt fahrt Zug gerade ab!«

Sie sagte es so traurig, daß ich diesmal wirklich keine Berechnung im Spiele sah. Und auch ich war so deprimiert, daß ich kaum noch Zorn gegen sie aufbrachte. Da rauschte die Donau – am besten, wir sprängen beide hinein und machten unserm Leben und dieser verrückten Expedition ein Ende! Ich schlug es Piroschka vor.

»Ach, Andi«, schluchzte sie, »nicht sollst du so sprechen. Laß mich allein in das Duna springen, weil ich dir habe so schlimmgetan!«

Wir sprangen beide nicht in die Donau. Ich depeschierte an Greta, daß ich den Anschlußzug versäumt hätte und erst morgen kommen könnte.

Als wir aus dem Telegraphenamt kamen, brannten schon die ersten Lichter in den Straßen.

»Ja, und was jetzt?«

Ich konnte schließlich nicht mit dem siebzehnjährigen

Mädel in ein Hotel gehen und ein oder auch zwei Zimmer nehmen. Das eine wäre zu kostspielig gewesen, und an die andere Möglichkeit wagte zum Glück keins von uns zu denken.

Wir kamen zum Donaukorso, und das große Festspiel des Lichts war stärker als unser hilfloser Kummer. In Piroschka erwachte sogar wieder eine gewisse Unternehmungslust.

»Wir sollten zum Gellért gehen!« rief sie.
»Wer ist das?«
»Der Gerhard halt!«
»Ein Freund von dir?«
»Ein Freind von alle Ungarn. Ein Heiliger...«

Heilige Freunde waren ungefährlich... Und dieser Gerhard war der mächtige Mann aus Erz, der auf einem Berg über der Stadt stand und segnend ein mit vielen elektrischen Birnen leuchtendes Kreuz über das ihm anbefohlene Land hielt. Wir kletterten auf schmalen Pfaden zu ihm hinauf.

Droben war es ein wenig frischer als in den Straßen und Gassen der Stadt, wo am Abend die Schwüle doppelt spürbar wurde. Tief drunten floß der Strom unter den leuchtenden Brücken hinweg und trug leuchtende Schiffe am glitzernden Ufer entlang.

»Ach!« sagte meine Begleiterin selig und drückte meine Hand.

Außer uns war kein Mensch bei dem Heiligen, dessen Kreuzeslicht aus den Augen des Stationsmädchens widerstrahlte. Winzige Kreuze in ihren Augen. Ich sah hinein in diese Augen.

»Da kommt Schiff aus Wien«, sagte Piroschka.

Wirklich kam es drunten auf dem Strom sehr prächtig heran, das weiße Schiff, mit dem ich damals – ach, es schien so lang her – in die nächtliche Hauptstadt gekommen war. Ich – und Greta . . .

»Komm!« sagte ich und lief voran, den Berg hinab.

Wir gingen durch alte Budaer Gassen hinunter und abermals aufwärts zur Königsburg, wo prächtig uniformierte Posten in einem komischen Storchenschritt auf und ab stelzten. Wir kamen zur Matthiaskirche, in der die Ungarn ihre Könige krönten, und von den Terrassen der Fischerbastei sahen wir abermals das große Lichterschauspiel von oben, nur diesmal sehr viel näher. In warmen Wellen umspülte uns die schwüle Abendluft der Stadt.

»Andi?«

»Ja?«

»Hättest du einen Hunger?«

»Ich hätte ihn nicht nur. Ich hab' ihn sogar!«

»Ob wir etwas speisen gingen?«

Jetzt konnte ich dem ungarischen Mädchen imponieren, da ich, nicht allzufern von der Bastei, die Gasse mit dem Weinlokal wußte, in das ich mit Greta geraten war. Nun führte ich Piroschka dorthin, ein Schulmädel mit einer Schulmappe, statt der eleganten jungen Dame aus Deutschland.

Beim Betreten des Gartenlokals legte ich mein Gesicht in fremde Falten, um nicht von diesem gräßlichen Primas wiedererkannt zu werden, der imstande gewesen wäre, uns mit deutschen Volksliederpotpourris bis zum Plattensee zu verfolgen.

Zwar erschien mir anfänglich manches genauso wie das erste Mal: der schwitzende, kleine Kellner, der fette Primas im Frack mit der öligen Stirnlocke – aber im Grunde war doch alles ganz anders. Wir fanden kein eigenes Tischchen für uns, sondern wurden an einen Tisch mit einer fremden Gesellschaft von Tschechen gesetzt, die ihre zischende, hart explodierende Sprache sprachen. Als der Primas sie entdeckt hatte, spielte er die »Verkaufte Braut« und alles, was er an Smetana-Musik vorrätig hatte. Uns übersah er. Wir tranken billigen Wein zu billigen Rostwürstchen, und es war nicht besonders vergnüglich, bloß zu trinken und unter bunten Lampions zu sitzen, um auf den Tag zu warten. Die Stunden zogen sich klebrig hin. Schon vor Mitternacht begann Piroschka zu gähnen. Um ein Uhr sank ihr Kopf einer bejahrten tschechischen Dame auf den Busen, die ihn dort, unter dem Gelächter ihrer Begleiter, wegnahm. Sie sagte etwas, was strafend klang. Offenbar war davon die Rede, Kinder gehörten um diese Zeit ins Bett.

Wenn ich bloß gewußt hätte, in welches Bett ich dieses Kind hätte stecken können! Ich bezahlte eilig und kleinlaut. Piroschka hatte nichts dagegen. Der Zigeunerprimas beachtete unseren Aufbruch überhaupt nicht, sondern ging nur von Smetana auf Dvořák über.

Ein Bündel Jammer hing an meiner rechten Hand, das Lederköfferchen und Piroschkas Schulmappe an der linken. Die Kleine war so müde, daß ihr im Gehen die Tasche aus der Hand gerutscht war. Ich mußte sie förmlich zum Bahnhof schleifen. Im Wartesaal sank sie auf eine harte Holzbank und schlief auf der Stelle fest ein. Ich zog ihr den rot-weiß gestreiften Rock übers Knie und setzte mich daneben.

Obwohl auch mir die Augen zuzufallen drohten, hielt ich mich krampfhaft wach, um mein Köfferchen und Piroschkas Mappe zu bewachen. Und sie selbst natürlich auch. Es blieb mir ja nichts anderes übrig.

Immer wieder besah ich die knallbunten Bildplakate des Wartesaals, auf denen geschrieben stand »Visitez la

Hongrie! – Besucht Ungarn!« Das sich so hysterisch blau Gebärdende auf dem einen Plakat mochte der Plattensee sein. Oh, Balaton – oh, Greta. Visitez la Hongrie ...

Trotz aller gegenteiligen Bemühungen schlief ich am Ende doch ein und wachte erst auf, als helles, kaltes Tageslicht durch die großen, grauen Fensterscheiben fiel. Zum Glück war alle Habe noch da, der Koffer und die Mappe – und leider auch Piroschka.

Das war die zweite »Budapester Nacht«, die ich mit einem Mädchen verbrachte.

Der dumme Irrtum

Wir schliefen aneinandergelehnt in einem Abteil dritter Klasse; denn Piroschka hatte meinetwegen auf ihr Erster-Klasse-Vorrecht verzichtet. Es war drückend schwül, und das machte uns Übernächtigte noch müder. Wir müssen wirklich wie die Opfer einer leidenschaftlichen Nacht ausgesehen haben.

In der Stadt Székesfehérvár, die man im österreichischen Teil der alten Monarchie Stuhlweißenburg nannte, hatten wir längeren Aufenthalt. Man sah mächtige Berge im Süden. Plötzlich fing es in den Bergen zu leuchten an: Blitze ... Nur der untere Teil der Gebirge erwies sich als echt, als waldiges Hügelland, das übrige waren phantastische Wolkenaufbauten.

Das Gewitter kam rasch und mit großer Heftigkeit. Grell leuchteten die Blitze in unser schwüles Abteil, in dem wir wegen des losbrechenden Regensturms die Fenster schießen mußten. Die Donner schmetterten so, daß man meinte, das Züglein mache jedesmal einen ängstlichen kleinen Satz in die Luft.

»Das ist Balaton«, sagte Piroschka.

An den Fenstern rannen Wasserschwaden nieder, die alles Landschaftliche hinter grauen Regenschleiern verbargen.

»Visitez la Hongrie!« witzelte ich mit müder Ironie. Zum Wiedersehen just das rechte Wetter! Zu einem solchen Wiedersehen jedenfalls! Am liebsten wäre ich jetzt noch umgekehrt. Aber das mutige Bähnchen kämpfte sich unbeirrbar gegen die Himmelsgewalten durch, und als es wieder einmal mit stöhnendem Schnaufen auf einer Station hielt, sagte meine Begleiterin:

»Siófok! Wir sind da!«

Es half nichts: Wir mußten aussteigen und dem Wetter und dem Schicksal in den feuchten Rachen greifen.

Piroschka raffte ihr kurzes Waschkleidchen, als sie über die großen Pfützen sprang, die sich als Bahnsteig gebärdeten, und ich lief mit dem geborgten Lederkoffer und ihrem lächerlichen Schulmäppchen hinterdrein. Triefendes Haar hing mir ins Gesicht.

Unter dem Bahnhofsvordach stand in einem dunkelblauen Regencape – schöner denn je, begehrenswerter denn je – Greta! Sie hatte sich eine raffiniert schicke Kapuze übers Haar gestülpt und winkte mir zu. Das Stationsmädchen war an ihr vorbeigerannt. Mochte sie nur immer weiterrennen, in den See hinein, der dort irgendwo im feuchten Grau liegen mußte!

»Daß du endlich da bist«, sagte Greta und hakte sich fest bei mir unter.

So vertraulich war sie nur am Ende jener Budapester Nacht gewesen... Aber diesmal dauerte das Glück nur Sekunden. Denn Piroschka machte vor den Fahrkartenschaltern kehrt, als sie mich nicht kommen sah, und trabte zurück.

»Wo bleibst du, Andi?« rief sie mir entgegen.

In diesem Augenblick verwandelte sich Greta. Sie zog ihren Arm aus dem meinen und wurde wieder zur großen Dame.

»Ach, du hast dir etwas mitgebracht?« flüsterte sie mir zu.

»Nicht mitgebracht! Ich schwöre dir, Greta, sie ist mir einfach nachgelaufen!«

»Dann wirst du ihr vorher einen Grund dazu gegeben haben! Ach«, fügte sie hinzu, »deshalb die Verspätung in Budapest! War es eine schöne Nacht? Sie hätten mich nicht zu belügen brauchen . . .«

Mit einemmal war alles aus! Alle Liebe war von ihrem Gesicht weggewischt, das eiskalt wurde. Und »Sie« sagte sie zu mir.

»Wollen Sie uns nicht wenigstens bekannt machen?«

Piroschka, triefnaß und unansehnlich geworden – die Sechserlocke hing ihr als langgezogene Eins über die Stirn, und wie von einer Regenrinne liefen ihr letzte Tropfen über den Nasenvorsprung –, stand mit bewundernden Blicken vor meiner Greta, ein lächerliches Schulmädel vor einer Königin.

»Das ist Piroschka Rácz, die Tochter von einem Bahnmeister da unten.«

»Stationschef!« verbesserte Piroschka.

»Ich freue mich, Sie kennenzulernen«, sagte die Königin, und halblaut zu mir: »Sie ist süß.«

Süß – dieses triefende Scheusal!

»Kommen Sie«, sagte Greta und hakte sich bei Piroschka unter«, wir gehen jetzt in die ›Pension Márton‹, damit Sie erst einmal trocken werden.«

Sie machte kehrt und ließ mich mit meinem Gepäck stehen. Aber Piroschka wollte sich nicht einfach fortziehen lassen.

»Nein, bitte«, sagte sie, »ich möchte doch lieber gleich hierbleiben und mit nächstes Zug, was bald kommen muß, nach Pest zurückfahren. Es war dumm, dem Andi nachzureisen – sähr dumm!«

Gesegnet ihr letztes Restchen Verstand! Aber Greta antwortete:

»Das kommt gar nicht in Frage! Sie würden sich ja zu Tode erkälten. Sie kommen erst einmal mit auf mein Zimmer. Und«, fügte sie halblaut hinzu, aber so, daß ich es hören mußte, »Sie müssen ihn doch sehr lieb haben, wenn Sie das alles auf sich genommen haben!«

Piroschka schluchzte, nickte und sah lächelnd zu meiner Göttin auf.

»Kommen Sie, Andreas!« befahl mir Greta, halb über die Schulter hinweg – wie einem Lakai.

Ich lief hinter den beiden drein, einer Pferdedroschke entgegen, die Greta heranwinkte. Der Kutscher senkte grüßend die Peitsche, verstaute die beiden Mädchen im Fond und knöpfte über ihren Knien die Lederdecke fest. Mir winkte er, neben ihn auf den feuchten Kutschbock zu kommen; denn er hielt mich wahrhaftig für einen Gepäckträger. Er schien gar nicht einverstanden, als Greta mir unter dem Wagendach ein Plätzchen auf dem schmalen Rücksitz anwies.

›Sie hat mich hierherbestellt, um mich zu demütigen‹, ging es durch meinen Kopf, als ich den beiden Mädchen gegenübersaß, die, eng aneinandergeschmiegt, einander wärmten. So hätte ich neben Greta sitzen, so ich sie wärmen müssen! Statt dessen war ich zur komischen Figur geworden.

Wir hielten vor der »Pension Márton«, einem weißen Haus mit geschnitztem Balkenwerk unterm Dach, im Villenstil der Jahrhundertwende. Von Alleebäumen pladderte der Regen nieder. Voraus war eine graue Unendlichkeit: der Plattensee.

Greta bezahlte den Kutscher, und um mich vollends zu demütigen, tat sie vor dem arroganten Burschen so, als ob sie auch mir ein Trinkgeld in die Hand drücken wollte. Und Piroschka lachte...

Wir stiegen im Haus, das den Eindruck einer sehr gepflegten Familienpension machte, über rote Treppenläufer hinan, ich immer hinter den beiden Mädchen. Im ersten Stock deutete Greta auf eine Tür.

»Da wohnen Sie.«

Nr. 12a stand über der Tür. Also war es 13. Und ich war so abergläubisch.

»Wo wohnst du?« fragte ich Greta.

Ich war nicht gewillt, ihr albernes Siezen mitzumachen.

»Ja, richtig«, antwortete sie, absichtlich mißverstehend, »wo bringen wir Sie jetzt unter, kleine Piroschka?«

Eine Königin schien ihr liebstes Landeskind gefunden zu haben. Aber wieder wehrte Piroschka vernünftig ab.

»Nein, ich bleib' doch nicht über das Nacht! Mein István ist schon sähr böse...

»Wer ist Ihr István?«

»Vater ist das!«

»Wissen Sie, was, mit Ihrem Vater werde ich telephonieren. Und Sie bleiben selbstverständlich über Nacht hier. Ich nehme Sie einfach mit in mein Zimmer. Dort steht noch ein sehr bequemes Sofa.«

Mit kugelrunden, dankbaren Augen schaute Piroschka unter ihrer verschobenen Locke zu Greta auf und drückte zusätzlich Feuchte aus ihren Augenwinkeln. Ich stand mit Koffer und Schulmäppchen unbeachtet daneben.

»Es wird Zeit, daß Sie sich abtrocknen«, sagte Greta gönnerhaft zu mir, »sonst haben Sie morgen den schönsten Schnupfen.«

»Holt ihr mich nachher ab?«

»Zum Mittagessen vielleicht. Jetzt haben wir uns sicher erst einmal allerhand zu erzählen. Nicht wahr, Piroschka?«

»Ja, Fräulein...«

»Sagen Sie doch Greta zu mir. Und nennen wir uns nach ungarischer Sitte ›du‹.«

»Oh, wenn ich darf, Greta.«

Mit himmelnden Blicken fiel das nasse Stationsmädchen meiner Freundin um den Hals und küßte sie. Die beiden küßten sich und scheuchten mich ins Zimmer 12a, das eigentlich 13 war...

Es war ein hübsches Zimmer mit frischen, weißen Mullgardinen. Auf dem Nachttischchen stand ein großer Rosenstrauß. An der Vase lehnte ein Bild, ein bezauberndes Photo von Greta, in einem Abendkleid mit tiefem Dekolleté, das wunderschöne Schultern und einen verheißungsvollen Brustansatz sehen hieß. Auf der Rückseite stand: »Willkommen, Lieber!«

Als ich das gelesen hatte, warf ich mich aufs Bett und begann hemmungslos zu heulen. Danach fühlte ich mich leer, wie ausgebrannt. Über mir hörte ich die Schritte der Mädchen, hörte die zwei, durch die nicht sehr starke Decke, lachen und plaudern. Welches waren Gretas Schritte? Eine ging ohne Schuhe, wahrscheinlich barfuß – das mußte Piroschka sein, die sich umzog. Ich nieste. Wenn mich nun wirklich ein Schnupfen noch lächerlicher machte? Jedes Lachen droben ging ohnehin auf meine Kosten...

Ich packte den Photoapparat aus dem Koffer, die

große, ungelenke Maschinerie, mit der ich mir die Hundemeute und eigentlich auch diese gräßliche Piroschka auf den Hals geladen hatte. Ich nahm mechanisch das schwarze Hütchen von der Linse und setzte es wieder auf. Dann legte ich den Apparat in eine Schieblade des Waschtischs. Bei dem Wetter würde es doch nichts zu photographieren geben. Aber als ich gedankenlos ans Fenster trat, sah ich, daß der Regen nachließ und der Himmel sich aufzuhellen begann.

Und ich sah noch mehr: den See, den Plattensee – ein aufgewühltes graues Meer ohne jenseitiges Ufer, mit weißen Schaumkämmen. Mein größtes Gewässer war bisher der bayerische Chiemsee gewesen. Jetzt packte mich, bei all meinem Kummer, dieser gewaltige Anblick doch.

Ich öffnete das Fenster. Eine wunderbar erfrischte, wachstumsträchtige, laue Luft kam herein – und betäubender Rosenduft. So viele Rosen hatte ich noch nie gesehen wie in dem Pensionsgarten drunten, mit seinen rötlichen Kieswegen und den weißen Gartenmöbeln. Stockrosen gab es da in allen Schattierungen, und die geschorenen Rasenflächen wurden von wuchernden, flammendrot blühenden Rosenbüschen eingefaßt. Es war das Paradies.

Ich beugte mich weit aus dem Fenster und sah als Spaliergewächs zur Linken echten Wein und zur Rechten etwas, was ich nicht kannte. Sonderbare birnenähnliche Früchte hingen zwischen gelappten Blättern, von denen ich meinte, ihnen schon irgendwo begegnet zu sein. Ich pflückte eins der Blätter ab und betrachtete es ratlos. In diesem Augenblick klopfte es an der Tür.

»Herein!«

136

Greta trat ein, und, überwältigt von der Schönheit des Gartens, fragte ich sie das Fernstliegende:

»Was ist das für ein Blatt?«

»Ein Feigenblatt.«

Jetzt war Greta bei mir, allein. Jetzt konnte sich vieles ändern.

»Wir wollen dich bloß zum Essen abholen«, sagte sie. Sie sagte wieder »du«, und alles war ein böser Traum gewesen.

»Greta!« rief ich, »danke! Für die Blumen, für das Bild!«

»Gib es mir bitte zurück.«

»Nein, ich will es haben – ich will dich haben!«

Ich machte einen Versuch, sie zu umarmen.

»Laß das! – Sie ist schrecklich verliebt in dich!«

»Wer?«

»Deine Piroschka!«

»Ich sage dir, sie ist nicht meine Piroschka. Sie ist ein albernes, kleines Schulmädel.«

»Sie ist weder klein noch albern. Höchstens zu alt für dich...«

»Zu alt? Siebzehn! – Und ich bin einundzwanzig. Du bist neunzehn!«

Greta setzte sich auf einen Stuhl vor dem Tisch.

»Sieh mal«, sagte sie ganz ruhig, »ich bin doch auch einem dummen Irrtum verfallen. Unsere schöne Donaufahrt, eine wunderschöne Nacht in Budapest – und danach bin ich hier ziemlich einsam gewesen. Die Reise in das fremde Griechenland steht mir ein bißchen unheimlich bevor – da habe ich mir eben etwas vorgemacht: Du und ich... Deshalb habe ich dir geschrieben. Und aus dieser Stimmung kam eben auch die Widmung auf dem Bild. Gib's mir wieder!«

Nun verlor ich zum zweitenmal die Besinnung. Ich stürzte vor ihrem Stuhl auf die Knie nieder und legte meinen Kopf in ihren Schoß.

»Greta«, sagte ich, »ich liebe dich doch. Ich werde dich heiraten. Wir müssen beisammen bleiben.«

»Ich kann doch keinen kleinen Jungen heiraten«, sagte sie und strich mir übers Haar.

»Ich habe mein erstes Semester hinter mir! Ich schreibe auch. Ich habe schon Honorare eingenommen!«

Ich log: ein Honorar hatte ich bekommen, fünf Mark für ein Gedicht.

»Ich werde jetzt mehr schreiben, für uns beide verdienen.«

»Daß du so ein Kind bist, hätte ich wirklich nicht geahnt – damals in Pest... Wir müssen deiner Piroschka dankbar sein, daß sie rechtzeitig zwischen uns getreten ist.«

»Sie ist doch gar nicht zwischen uns getreten! Sie ist nicht meine Piroschka!«

»Na, und die Nacht in Budapest –?«

»Die haben wir zusammen im Wartesaal verbracht.«

Greta lachte schallend.

»Warum lachst du?« rief ich.

»Weil du noch ein richtiger Kindskopf bist! Einer, der etwas erleben will und noch gar nichts erleben kann! Ach, du!«

Sie sah mich beinahe liebevoll an. Aber es war eine andere Liebe in ihrem Blick, als ich sie erwartet hatte. Ich zerknüllte das Feigenblatt in meiner Hand und warf es auf den Boden.

Greta nahm das Bild an sich, das ich auf dem Tisch hatte liegenlassen.

»Bitte, laß es mir. Greta, bitte!«

»Ich lasse es dir, meinetwegen. – Nur, ich schreib' dir noch etwas dazu.«

Sie nahm aus ihrem Handtäschchen einen zierlichen Füllfederhalter, schraubte die Verschlußkappe ab und schrieb in Klammern unter ihre Widmung: »Vielleicht möchte ich Piroschka sein.«

Ich sah auf das sonderbare Wort – ich sah sie an. Sie nickte ein wenig. Noch einmal versuchte ich, sie in meine Arme zu schließen.

Aber sie hob die Hände vor ihr Gesicht und sagte: »In Frau Mártons Pension geht es sehr anständig zu. Solche Szenen passen nicht hierher.«

Dann öffnete sie die Tür und rief: »Piroschka!«

»Was sollen wir denn nun tun?« fragte ich ratlos.

»Mittag essen! Übrigens glaube ich, wir kriegen einen herrlichen Nachmittag. – Bleiben wir gute Kameraden, ja?«

In diesem Augenblick klopfte es, und Piroschka trat ins Zimmer.

»Sieht sie nicht reizend aus?« rief Greta.

Und wirklich: Das, was sich hier in Gretas Kleidern – als Ersatz für das vom Regen durchnäßte Waschkleidchen – zeigte, war eine andere Piroschka als die frühere. In dem bis zur Wade reichenden Rock wirkte sie größer und erwachsener. Auch die verwegene Sechserlocke war nun wieder in Ordnung. Trotzdem hatte diese Person meine Liebe zerstört.

»Kinder«, rief Greta, »ich weiß hier ein reizendes Speiselokal! Wollt ihr meine Gäste sein?«

»Ich hab' ihr gebeten, sie soll auch ›du‹ zu dir sagen«, flüsterte mir Piroschka zu und schien sich wunder was darauf einzubilden.

»Danke«, sagte ich kurz.

Als wir die Pension verließen, merkte ich plötzlich, daß ich einen tollen Hunger hatte.

Das Hemd des Präsidenten

Das Lokal war hübsch. Die Wände waren mit hellem Holz getäfelt, und Weinkaraffen standen auf einem Tisch mit weißgescheuerter Platte. In den kleinen Fensternischen waren bunte Glasfenster mit Apostelgestalten. Durch ein blaues Petrusgewand fiel immer stärkeres Licht auf Gretas Haar, das davon einen bläulichen Schimmer bekam.

»Die Sonne scheint!« sagte ich.

»Drin auch?« fragte sie und deutete auf mein Herz.

Ich nickte, weil ich unter dem Tisch ihren Fuß spürte. Sanft erwiderte ich seine Liebkosung – bis Piroschka zu lächeln begann.

Da verhärtete sich wieder alles in mir.

Die beiden Mädchen saßen nebeneinander auf einer Wandbank und ich ihnen gegenüber auf einem breiten, bequemen Holzstuhl mit vertiefter Sitzfläche. Wenn ich mir heute die Gruppe vor Augen zu führen versuche, sehe ich sie, durch die Gegensätze dunkler und heller Schönheit bestimmt, als ein Bild so vollkommenen Liebreizes, daß ich immer noch meine längst angegrauten Haare raufen möchte. Eine Harmonie hätte zwischen uns dreien bestehen können, ein Fluidum wunderbarster Art, und ich habe mir alles selbst zerstört . . .

Wir hatten erlesen gegessen, Plattenseefisch – den köstlichen Fogasch in zerlassener Butter –, danach die beliebte landesübliche Maronispeise, und hatten Wein getrunken, der uns ein wenig schläfrig machte.

Piroschka gähnte. »Komm«, sagte Greta zu ihr, »die frische Luft wird dir guttun!«

»Ich glaub', ich laß eich allein promenieren und werde mir auf dem Sofa in Pension legen...«

»Aber nein«, sagte Greta, »wir müssen den schönen Seenachmittag zusammen verleben. Außerdem wollten wir doch vom Postamt aus heimtelephonieren, nicht wahr?«

»Igen«, antwortete Piroschka gehorsam.

Als wir aus der sanften Dämmerung der Weinstube hinaustraten, zwang uns das starke Licht, die Augen zu schließen. Es leuchtete nun wirklich von einem so tiefblauen Himmel, wie er auf der knalligen Postkarte und den Prospekten gemalt war. Ich nahm das Wetter zum Vorwand, um meinen Photoapparat aus der Pension zu holen. Bei dem bevorstehenden Gespräch mit dem wütenden Stationschef in Hódmezövásárhelykutasipuszta wollte ich nun einmal nicht dabeisein. Ich war einfach zu feige.

Ich kramte auf Zimmer 12a der Pension Márton meine ungefüge Kamera aus der Waschtischschublade, das stelzbeinige Stativ und die schweren Plattenkassetten. Auch das schwarze Tuch hatte ich in Kutasipuszta nicht vergessen.

Auf dem Tisch lag noch immer Gretas zauberhaftes Bild. Ich küßte es: die Schultern, den Brustansatz. Ich küßte die Schrift auf der Rückseite. Sie wurde davon ein wenig blasser, und ich schmeckte Tinte auf den Lippen. Dann tat ich das Photo in meine Brieftasche.

Ich mußte auf der vereinbarten Bank eine Weile warten, bis meine Mädchen vom Postamt zurückkehrten. Das mochte ein ebenso langes wie hartes Gespräch geworden sein. Aber die zwei kamen heiter zurück, hatten sich bei den Fingern gefaßt und schwatzten und kicherten wie Schulmädchen. Die eine war ja auch eins. Als sie mich sahen, winkten beide.

»Nun?« rief ich ihnen entgegen.

»Alles in bester Ordnung«, antwortete Greta schon von weitem. »Der Papa ist goldig. Ich mußte ihm nur ausreden, daß du ein Verführer bist, Andreas. Als ich ihm alles erzählt hatte, hat er schrecklich gelacht...«

Nun würde mich also auch in Kutasipuszta keiner mehr ernst nehmen, und der Respekt vor dem »Herrn Studenten« war ein für allemal dahin. Es wurde wirklich Zeit, daß ich heimreiste.

»Und weißt du«, sagte Piroschka eifrig, die nun wieder ganz unbefangen war, »er laßt mich auch bis morgen da und schwindelt Direktor von Schule vor, daß ich bin erkrankt!«

Selbst die allgemeine Heiterkeit ging auf meine Kosten. Als wir uns selbdritt auf den Weg machten, schlug Greta vor:

»Nehmen wir ihn doch in die Mitte!«

Meine Mädchen hakten sich rechts und links bei mir ein. Piroschka trug das Stativ und Greta den Photoapparat.

»Ist das eine Elefantenbüchse?« fragte Greta.

Der See lag jetzt in hochsommerlichem Glanz. Die Schaumkämme waren zu weißem Gischt auf blauem Grunde geworden. Nicht minder weiß leuchteten die Segel vieler Boote. Das Gelächter und Gekreisch von

Schwimmern drang zu uns herüber. Auch die in den Booten trugen Badeanzüge, und ihre Körper waren bronzebraun wie die der Zigeunerkinder von der Donau.

»Eigentlich hätten wir auch schwimmen gehen sollen!« sagte Greta, und ich wünschte heimlich, sie in dem neuen Badekostüm zu sehen, von dem sie mir geschrieben hatte.

Aber Piroschka meinte bekümmert: »Ich hab' kein Badekleid mit. Bloß Logarithmentafel!«

»Weißt du, Greta«, schwatzte das Stationsmädchen weiter, »wie ich das letzte Mal bin hier gewesen, war ich noch ein Kind. Und dort oben in Tihany hat das Karl gesessen.«

»Was für ein Karl?«

»Letztes Monarch von Österreich-Ungarn, als man ihm hatte hinabgesetzt.«

Die Mädchen sahen hinüber zu der Abtei auf der weit in den See ragenden Halbinsel, wo der unglückliche, abgesetzte letzte Kaiser und König noch einmal von der Wiedergewinnung seines Thrones geträumt haben mochte. Es war ein schönes Bild: die Insel mit dem schloßähnlichen Gebäude, die Uferorte im leuchtenden Grün, der See, die Segelboote – und, ach ja, am meisten die beiden Mädchen. Man müßte es in der Erinnerung behalten, nein, man müßte es so ins Album kleben können. Ich gab meine Verstocktheit auf.

»Ich möchte euch photographieren!«

»Nimm lieber den See ohne uns!« sagte Greta. »So etwas wird immer kitschig: ›Erinnerung an den Plattensee‹!«

»Ohne euch ist es nichts...«

»Na, dann bitte.«

Greta sah amüsiert und Piroschka mit unverhohlenem Respekt zu, wie ich das Wunderwerk der technischen Vorzeit mit seinem langen schwarzen Ziehharmonikabalg auseinanderfaltete und auf das labile Stativ aufschraubte, das sogleich wieder Knickse nach allen Seiten machte.

»Der Plattensee«, würde ich daheim sagen, »und davor meine beiden Freundinnen.«

Die Mädchen lachten, als sie sich in gewollt komischen Posen aufbauten und sich gegenseitig zu immer neuen Verrenkungen anstachelten. Jedesmal, wenn meine Kamera sich nach vorn oder hinten neigte, platzte ihr Gelächter aufs neue los.

Endlich hatte ich sie auf der Mattscheibe, in konzentrierten Farben und auf dem Kopfe stehend. Ein Abteiturm wuchs aus Piroschkas Kopf. Bei ihr war es ja gleichgültig.

»Einen Augenblick Ruhe, bitte«, sagte ich, nachdem ich aus meinem Bahrtuch hervorgekrochen war, die Mattscheibe mit der ersten Kassette vertauscht hatte und zu zählen begann:

»Einundzwanzig – zweiundzwanzig.«

Piroschka stand wie ein Baum. Greta hatte mit dem Kopf gewackelt. Sie würde als vielköpfige Hydra auf der Postkarte erscheinen.

Ich machte noch zwei weitere Aufnahmen, von denen die zweite mir am ehesten gelungen schien, weil diesmal beide Mädchen starr standen. Das dritte Bild ging völlig daneben, weil sich im selben Augenblick, als ich auf den Auslöser drückte, die Kamera in ihre tiefste Kniebeuge begab und nun höchstens langgezogene, vermischte Gebilde, wie bei Planetenaufnahmen, auf der Platte zu erwarten waren.

»Danke«, sagte ich und packte meine Werkzeuge wieder ein.

»Es war ein Genuß!« antwortete Greta ...

Bis zum Abend schlenderten wir noch am See entlang, und während drüben im Norden die Villenorte, wie das mondäne Balatonfüred, schon im Dämmerschatten lagen, schien in Siófok noch die Sonne, die vom Keszthelyer Zipfel eine lange, schräge Goldbahn über den See legte. Aus dem Gold wurde allmählich Rot, das die Mädchengesichter überglühte.

Wir fanden ein einfaches Gasthaus, eine Art Buschenschenke, in der ein Weinbauer selbst seinen Heurigen vertrieb, und saßen auf einer schon etwas morschen Bank inmitten eines Grasgartens, der von einer betagten Petroleumlaterne kümmerlich erhellt wurde. Zu essen gab es nur die scharfen Debrecener Würstel, die den Weindurst noch steigerten. Wir blieben die einzigen Gäste im Garten, da die Sommerfrischler sich elegantere Lokale aussuchen mochten.

Der Wein löste meine verkrampfte Stimmung, und als ich meine Hände ausstreckte, um sie auf Gretas Rechte und auf Piroschkas Linke zu legen – die zwei Mädchen saßen wieder, dicht beisammen, auf der Bank mir gegenüber –, entzogen mir die beiden ihre Hände nicht. Gute Freundschaft bedeutete dieser lebendige Stromkreis, und damit mußte ich mich fürs erste begnügen. Zwischen uns lag die Kamera, in ihr Bahrtuch eingewickelt.

Greta ließ spielerisch den Apparat aufschnellen.

»Sag, was bedeitet das?« fragte Piroschka und zeigte auf das Hütchen am schwarzen Band.

»Es ist der Verschluß des Apparates.«

»Ja so! Und wann muß man es herunternehmen?«

»Ehe man die Aufnahme macht«, erklärte ich gönnerhaft.

»Danke«, sagte Piroschka. »Und warum hast du es nicht heruntergenommen?«

»Wieso? Was meinst du damit?«

»Nun, du hast doch, eh' du uns vorhin hast gebildet, das Hütchen wieder hinaufgesetzt!«

»Ich hätte – –?«

Mir verschlug's die Rede.

»Ja«, sagte Piroschka eifrig, »ich hab' immer fest auf das Hütchen geschaut, weil ich gedacht hab', wenn ich da hinschau, komm ich am schönsten hinein . . .« In diesem Augenblick ließ Greta einen wahren Koloraturjodler des Gelächters vom Stapel. Ich starrte sie hilflos an, und Piroschka fragte zart und mitleidig:

»Also ist gar nichts hineingekommen?«

»Dann allerdings nichts!«

»Und man kann es nicht wiederholen?«

»Morgen vormittag vielleicht, wenn unser Zug nicht zu früh fährt und das Wetter gut bleibt.«

»Es wäre sähr schade, wenn es nicht wiederholt werden könnte«, sagte Piroschka.

In diesem Augenblick war sie mir beinahe lieber als Greta, weil sie mir wirkliche Teilnahme bezeigte, während die schöne Landsmännin nur Spott für mich übrig hatte.

Nach dem schweren Vormittagsgewitter wurde es am Abend kühl und zum erstenmal ein wenig herbstlich. Die Mädchen sagten, daß sie die Nässe des Grases durch ihre Schuhe spürten, und auch der alte, schwärzliche Holztisch beschlug sich feucht vom Abendtau.

»Wir müssen gehen«, sagte Greta.

Ich schlug ein anderes Lokal vor, aber sie meinte, die

Restaurants und Kaffeehäuser seien am Sonntag alle überfüllt.

»Schön wär' ein Mózi!« sagte Piroschka. (»Mosi« klang es gesprochen.)

»Was?« fragte ich.

»Ein Kino«, erklärte Greta, die sich im örtlichen Vergnügungsbetrieb auskannte. »Meinetwegen! Die Kinos fangen hier alle erst um neun an.«

Wir würden gerade noch zum Beginn der Vorstellung zurechtkommen, ohne uns übereilen zu müssen. In einer Hotelhalle sahen wir unterwegs den Fahrplan nach. Wir mußten morgen um zehn Uhr dreißig abfahren, wenn wir in Budapest den Anschluß nach Kutasipuszta erwischen wollten. Ich rechnete nach. Noch dreizehn Stunden mit Greta, und die meisten davon im Zimmer Nr. 13 – ohne Greta . . . Mir war erbärmlich zumute.

Das »Mózi« stimmte mich nicht fröhlicher. Schon das Äußere des Filmtheaters erinnerte mich an meine ersten Kinobesuche im Jahre 1910 oder 1911. Die Kasse wie eine Tropfsteingrotte, umrankt von bunten Gipsblumen, zwischen denen rote, grüne und gelbe Glühbirnchen den Greuel noch schrecklicher kolorierten.

Der Saal mit seinen wenigen Plätzen hatte die Traulichkeit eines kleinbürgerlichen Heims. Der unglückliche, säbelschwingende Kossuth aus der Rácz'schen Amtsstube hing auch hier an der Wand, ein Regulator tickte über einem gläsernen Hirsch, und Pfauenwedel entfalteten ihre verstaubte Pracht. Eine Perolinspritze verbreitete Waldesduft.

»Schön ist da!« sagte Piroschka andächtig.

Das Programm war dem Äußeren des Zuschauerraums entsprechend, und am sympathischsten erschien mir die Tatsache, daß die Sitze unwahrscheinlich schmal waren und ich darum rechts und links in enger Tuchfühlung sitzen durfte. Noch lieber wäre es mir gewesen, wenn Greta, wie einst auf der Donaureise, ihren Fuß auf mein Haupt gelegt hätte. Doch dafür bot sich kein schicklicher Anlaß.

So saß ich, wie mein mittelalterlicher Landsmann, der Graf von Gleichen, zwischen zwei Frauen, ohne die angenehme Aussicht, dereinst, wie er, mit beiden auf einem Grabstein der Nachwelt erhalten zu bleiben.

Der Hauptfilm brachte eine klebrige Liebesgeschichte zwischen einem der seelenäugigen Stars jener Tage, die man »Diva« hieß, und einem unwahrscheinlich prächtigen Offizier, auf dessen breiter Brust viele Medaillen wucherten. Was die beiden miteinander trieben, war nicht immer klar ersichtlich, da es nur Texte in ungarischer Sprache gab und Piroschka vor Ergriffenheit oft nicht zu übersetzen vermochte.

Der Herr, der, je nach Stimmung, ein Klavier mit vollendetem Drahtklang oder ein wimmerndes Harmonium traktierte, konnte die verwickelte Geschichte auch musikalisch nicht deuten. Als ein Duellgegner unseres Offiziers in seinem Blute schwamm – man hatte dazu den Film eingefärbt wie bei einem Großfeuer –, spielte er auf dem Harmonium die »Schöne blaue Donau« im Rhythmus eines Trauermarsches.

Einmal wurde mein Interesse reger, als der Medaillierte sich nachts ins Zimmer der Seelenäugigen schlich. »Sie laßt ihm hinein!« kommentierte Piroschka einen an sich klaren Tatbestand.

Aber schon wurde es undurchsichtig blau auf der Leinwand – das bedeutete Nacht, in diesem Falle Liebesnacht, und es folgte ein Text mit mehreren Pünktchen. Bei uns zulande hieß es dann »Am nächsten Morgen jedoch . . .«

Hier verkündete Piroschka: »Er fahrt ab!«

Irgendwie kam das Leinwandgeschehen in gefährliche Nähe meiner eigenen Sehnsüchte und Befürchtungen. Doch wurden da oben bei der Abreise des Liebenden wenigstens die Hände und ein tränenfeuchtes Taschentuch gerungen – wer aber würde mir nachweinen, morgen?

Trostsuchend griff ich nach Gretas Hand zur Linken. Sie legte meine Hand an ihren Platz zurück. Aber meine Rechte wurde von feuchten, zitternden Fingern gefaßt. Ich legte sie gleichfalls dorthin, wohin sie gehörten. Was mir links verwehrt wurde, ließ ich mir rechts nicht aufdrängen.

Mit einem Kuß in Großaufnahme ging der Film noch gut aus, während der wackere Musikus den Pilgerchor aus »Tannhäuser« auf zwei Instrumenten zugleich interpretierte: die Melodie mit der rechten Hand auf dem Klavier, die Baßbegleitung auf dem Harmonium. Ein Platzregen, schlimmer als der bei unserer heutigen Ankunft, lief über das großaufgenommene Liebespaar, denn die Kopie war uralt, und durch streifige Kratzer verregnete sein schwer errungenes Glück ...

Als wir auf der Straße standen, war es vollends kühl geworden. Der Nachtwind vom See her fuhr herbstlich durch die Alleebäume.

Am liebsten hätte ich die kommenden, die letzten mir geschenkten Stunden noch am Ufer verbracht oder auf einsamen Wegen am Flüßchen Sió, das hier in den Balaton mündet. Aber Piroschka schien von dem Liebesdrama der Leinwand derart erschöpft zu sein, daß sie schlafen zu gehen begehrte. Greta stimmte ihr lebhaft zu.

»Und ich habe kein Nachthemd!« rief ich plötzlich aus.

Damit gab ich Greta neue Rätsel auf, bis ich ihr die Geschichte vom Morgenlager bei Pali bácsi erzählte.

»Schlaf einmal ohne was!« antwortete sie.

Aber das mochte ich nicht. Und diesmal fand ich in Piroschka eine Fürsprecherin, da sie besorgt meinte:

»Man muß den Andi in etwas kleiden... Er könnte sich verkühlen.«

Nun fiel Greta ein, daß ihre Pensionswirtin, die Frau verwitwete Postpräsident Márton, nachts lange aufbliebe, um schicksalsträchtige Patiencen zu legen.

»Wenn wir uns beeilen, finden wir sie noch wach!«

So verkürzte ich mir durch eigene Ungeschicklichkeit die wenigen verbleibenden Stunden mit Greta...

Wir fanden wirklich Frau Márton, in einen violetten Morgenmantel gehüllt, noch über Kartenproblemen sitzen. Ich wurde der üppigen Dame vorgestellt, und Piroschka schilderte mein Leid auf ungarisch. Die Witwe eilte sogleich dienstbeflissen davor und schleppte ein Nachthemd herbei, in dem ich mit meinen beiden Freundinnen zusammen Wohn- und Lebensraum gefunden hätte. Der selige Postpräsident mußte ein Falstaff gewesen sein. Dennoch dankte ich; denn zuviel war immer noch besser als gar nichts.

»Ruf uns zu Hilfe, wenn du dich da drin verläufst«, sagte Greta und deutete auf das gigantische Gewand.

»Aber es ist gutes Stoff«, stellte die hausfrauliche Piroschka zufrieden fest.

Verlorenes Paradies

In Herrn Mártons Nachthemd lag ich im Bett und fand keinen Schlaf. Durch das weit offene Fenster trug der kühle Seewind betäubenden Rosenduft aus dem Garten. Drunten auf der Allee gab eine Bogenlampe helles Licht, und das Rankengeflecht über dem oberen Querfenster zeichnete seltsame Schattenspiele an die Decke.

Daheim hatte ich als Kind auch solche lebendigen Schattenornamente an meiner Zimmerdecke verfolgt, besonders wenn ich fieberkrank im Bett lag und deshalb nicht einschlafen konnte. Dann sah ich schwarze Höckertiere über mir, greifende Hände, verwachsene Gestalten, die einander bedrohten und verschlangen, die wohl auch mich bedrohten. Die Ranken waren vom wilden Wein, der im Herbst die kleinen, schwärzlich bitteren Träubchen ansetzte. Hier waren es Ranken echten Weins mit schweren, süßen Trauben. Wein und Feigen wuchsen an der gleichen Hauswand. Es war das Paradies. Ein Paradies ohne Gefährtin für mich.

Ich entzündete die Kerze, die neben meinem Bett auf dem Nachttisch stand, und stellte Gretas Bild vor ihr auf. Ihr Gesicht belebte sich in dem lebendigen, wehenden Licht.

Lange hatte ich noch die Stimmen der beiden Mädchen über mir gehört.

Ich löschte die Kerze wieder. Vielleicht war ich sogar schon ein wenig eingeschlafen, als ein Geräusch an meiner Tür entstand. Die Klinke wurde niedergedrückt – ich hatte vergessen abzuriegeln, wie ich das sonst so gewissenhaft tat –, und leise kam eine Gestalt herein. Mein Herz klopfte heftig.

»Was ist?« rief ich unterdrückt.

»Ssst«, machte die Gestalt.

Ich setzte mich im Bett auf und starrte dem Spuk entgegen. Es war Piroschka.

Die Bogenlampe war hell genug, sie zu erkennen. Das Bahnhofsmädchen glich dem Weihnachtsengel einer Märchenaufführung; denn es steckte, wie ich, in einem geborgten, langen Nachtgewand – die Logarithmentafel oder das Geschichtsbuch hatte es als Ersatz nicht gebrauchen können.

»Was soll denn das?« fauchte ich der mitternächtlichen Besucherin entgegen. »Was soll denn Greta von deinem Verschwinden denken?«

»Die schlaft!« flüsterte Piroschka beruhigend.

»Und Frau Márton? Das ist eine strenge Pension hier!«

»Schlaft auch. Ich hab' lange auf das Gang gelauscht.«

»Ja, du kannst doch aber nicht – das geht doch nicht« – die Erscheinung beunruhigte mich durch ihren Liebreiz viel zu sehr, als daß ich sogleich die richtigen Ausdrücke für meine moralische Entrüstung fand.

»Ich muß mit dir sprechen, Andi – sähr!«

»Ja, aber das kannst du doch morgen auch.«

»Da bin ich nicht mähr da, Andi!«

Sie sagte es sehr zärtlich, aber es klang etwas in ihren

Worten mit, das mich beunruhigte. Ich sah eine Ophelia mit der Sechserlocke einer Carmen auf den Wellen des Balaton dahintreiben.

»Piri, was ist denn?« – unwillkürlich redete ich sie jetzt mit dem Kosewort an. »Setz dich!«

»Danke«, sagte sie höflich, als sei die unnatürliche Situation das Natürlichste von der Welt. Sie setzte sich auf meine Bettkante, und die freundliche Bogenlampe draußen ließ mehr reizende Details erkennen, als meine traurige Besucherin ahnen mochte.

»Na, nun sprich doch. Was hast du vor?« kommandierte ich flüsternd, in einem Ton, der dennoch der wahren Kommandoschärfe ermangelte.

»Ich habe etwas falsch gemacht. Greta ist so lieb. Ich hab' dir ihr genommen! – Dich sie«, verbesserte sie. »Und«, Piroschka begann zu schlucken, »und das will ich gutmachen.«

»Wieso gutmachen? Da läßt sich nichts gutmachen.«

»Auch wann ich nicht mehr da bin morgen in der Früh?« flüsterte sie orphisch.

»Aber Piroschka, du darfst doch keinen Unsinn machen. Das kannst du doch deinen Eltern nicht antun.«

Die schreckliche Vision einer Beerdigung auf dem Sonnenblumenfriedhof von Kutasipuszta tauchte vor mir auf.

»Daß ich ein Zug früher komme?«

»Was denn? Ich versteh' nicht!«

»Ich hab' auf Fahrplan in Hotel gesehn, daß fahrt noch ein Zug ganz früh, was hat Anschluß in Pest, und ich bin Mittag daheim.«

Sosehr mich diese nüchterne Feststellung des eisenbahnerfahrenen Mädchens hätte beruhigen müssen, so wenig tat sie es.

»Aber das ist ja auch verrückt. Du kannst mich doch hier nicht allein lassen!«

Ich scheute das peinliche Aufsehen: Greta gegenüber – Frau Márton gegenüber.

Piroschkas Schlucken wurde stärker. Tränen glänzten in ihren Augen, die im Bogenlampenlicht schimmerten.

»Ich laß *eich* doch allein«, sagte sie schwer, und es klang wie ein Zitat.

Eine Weile war es still im Zimmer. Der Seewind blähte die Gardinen und brachte noch stärkeren Rosenduft mit sich. Er war so kalt, daß das Mädchen im dünnen Nachthemd mit den Zähnen klapperte.

»Du frierst doch!

»Das mocht nix.«

»Das macht schon etwas. Du wirst dich erkälten, und es gibt wieder Scherereien mit deinem Vater.«

»Was ist das: Schere-rein?«

»Ärger, wie schon seit Budapest. Du hast dir und mir da wirklich etwas eingebrockt . . .«

Obwohl ich merkte, daß ihr auch das »eingebrockt« Schwierigkeiten machte, sagte sie ziemlich sinngemäß:

»Und das moch ich jetzt gut. Ich fahr um vier Uhr sechsundfünfzig – was ist ein ganz schnelles Zug nach Pest.«

Ihre Fahrplansachlichkeit verdroß mich. Da saß diese Person auf dem Bett eines fremden Studenten und redete vom Fahrplan. Wer weiß, was hätte geschehen können, wenn Greta nicht gewesen wäre! Wenn ich sie nicht ganz nahe, unmittelbar über mir, gewußt hätte! Und als ob sie meine Gedankengänge hellsichtig verfolgte, flüsterte Piroschka – und es klang, als ob sie es sich mühsam abränge:

»Vielleicht kannst du zu ihr geben – hinauf – wann ich fort bin . . .«

Jetzt war ich nahe daran, meine Haltung zu verlieren.

»Hör mal, was denkst du eigentlich von Greta – und von mir?«

»Ach, Andi – daß du – *ein* Mensch mußt wirklich liebhaben können. Ganz wirklich.«

Sie saß auf der Bettkante – die Tränen schimmerten nach dem schweren Geständnis in ihren Augen – und starrte in eine unbestimmte Ferne. Noch einmal setzte sie zum Reden an:

»Und ich, schau – ich kann dir das sagen, weil wir doch Freinde sind, wie du einmal hast gesagt.«

»Ja, das sind wir.«

Ich griff nach ihrer kalten Hand, die sie mir entzog.

»Und deshalb mußt du bleiben. Wir müssen doch auch die Aufnahmen noch einmal wiederholen, aus denen gestern nichts geworden ist. Wegen dem Hütchen...«

»Wiederholen?« wiederholte sie langsam und sehr leise. »Manches läßt sich nicht wiederholen. Wann einmal ist vorbei, ist für immer... Kommt nie wieder so!«

Dabei sprang sie auf, stand noch einen Augenblick ganz nahe bei mir – o, Siófoker Bogenlampe! – und huschte auf Zehenspitzen davon. Nur an der Tür blieb sie stehen und hauchte:

»Gute Nacht, Andi!«

Ich setzte mich im Bett auf, wollte herausspringen, blieb aber im gotischen Faltenwurf des Postpräsidenten hängen – und ehe ich recht zur Besinnung gekommen war, hatte sich die Tür leise geöffnet und geschlossen, und alles war wieder wie vorher: die sich verschlingenden Figuren an der Decke, der Rosenduft und der sehr kühle Wind, der die Gardinen bauschte.

Nach einer Weile hörte ich oben leise, huschende

Schritte, ehe es still wurde. Mein Herz schlug rasend. Würde Piroschka wirklich vor mir abreisen – oder war alles bloß eine leere Drohung? Nein, ein leeres Versprechen? Am Ende schlief ich doch verhältnismäßig ruhig ein ...

Ich traf Greta am Frühstückstisch.

Sie lächelte, als ich in das Zimmer trat.

»Na«, sagte sie, »gut geschlafen?«

»Danke! Und du?«

»Danke, auch. Bis auf die kleine Störung ... Du hast in der Nacht Besuch gehabt?«

»Piroschka kam, um mir zu sagen, daß sie früher abreisen wollte. Ist sie abgereist?«

»Natürlich.«

»Wieso: natürlich?«

»Weil es das erste Mal oft so ist. Es war doch das erste Mal?«

Mir wurde siedendheiß.

»Greta«, sagte ich, »sie ist wirklich nur gekommen, um mir zu sagen, daß sie früher fährt.«

»Das hat sie am Anfang gesagt?«

»Am Anfang und am Ende.«

»Und dazwischen –«

»Nichts: dazwischen. Das war alles!«

»Alles?«

»Ich hab' mich zuerst geärgert – und dann natürlich gefreut, weil *wir* jetzt noch ein paar Stunden allein beisammen sind!«

»Na schön, dann frühstück' erst mal!«

Greta stellte mein Gedeck zurecht, goß Kaffee ein und gab sogar Milch und Zucker dazu. Alle diese kleinen Handreichungen taten mir unendlich wohl, weil aus ihnen die anderen Gäste entnehmen konnten, wie nahe wir uns standen. Ich war stolz auf Greta, die mir an diesem Morgen schöner denn je erschien.

Bei der zweiten Honigsemmel fiel mir ein, daß ich ja nicht einmal ihren Familiennamen wußte.

»Du, wie heißt du eigentlich?« sagte ich. »Ich weiß immer nur: Greta!«

»Lohengrin! ›Nie sollst du mich befragen!‹«

»Aber ich muß doch deinen Namen wissen. ›Kützner‹, wie in dem Buch stand, stimmt nicht!«

»Nein, klingt auch gräßlich! Meinen künftigen Namen hab' ich dir ja gesagt!«

»Der klang noch gräßlicher. Wie Diphtheritis. Glaubst du immer noch, daß das dein zukünftiger Name sein wird?«

»Warum nicht?«

Begriff dieses Mädchen mit der verhangenen Stimme wirklich nicht, daß alles noch anders kommen konnte? Ich griff nach Gretas Hand.

»Komm, vergiß das Frühstück nicht!« mahnte sie und drückte mir das Buttermesser in die aufgetane Hand.

Ich aß schweigend zu Ende. Draußen schien wieder die Sonne, und Vogelgezwitscher kam durch das halb offene Fenster. Dieser Seemorgen war über alle Begriffe herrlich.

»Du!« rief ich mit plötzlichem Entschluß, »ich bleibe noch vierundzwanzig Stunden hier!«

Ein Tag, ein Abend, eine Nacht – viel konnte sich in dieser Zeit zwischen uns ändern! Alles ...

»Das geht nicht.« Greta schüttelte lächelnd den Kopf »Das Zimmer ist nicht mehr frei.«

»Und woanders?«

»Ja! Dort, wo Piroschka ist!«

»Aber mit der ist es doch nun endgültig aus ...«

»Es fängt erst an, hoffentlich. Hoffentlich für dich.«
»Ja, und du, Greta?«
Da in diesem Augenblick der letzte Gast das Frühstückszimmer verlassen hatte, faßte sie mir mit ihren Fingern ins Haar und wühlte es durcheinander. Mehr tat sie nicht, und sie sagte auch nichts dazu.

Als wir aufstanden und ich sie fragte, ob wir noch einmal hinaufgingen, hieß sie mich allein gehen, um oben meine Sachen zusammenzupacken. Dann könnten wir die letzte Stunde gemeinsam am See verbringen.

»Wirklich die letzte Stunde?«
»Ja, Andreas.«
»Gehen wir schwimmen?«
»Nein . . .«

Dieser schöne Morgen wurde schrecklich für mich. Ich ging neben Greta auf der Seepromenade mit meinem Köfferchen in der Hand. Sie hatte ein leichtes Sommerkleid an, das ich noch nicht kannte und durch das der zerrende Seewind ihre hübschen Beine abzeichnete. Sie war in diesem Kleid so schön, daß viele Männer stehenblieben und sich nach ihr umschauten. Aber in keinem der Gesichter las ich, daß man mich beneidete.

»Greta?«
»Ja.«
»Meine Adresse in Hödmezövásárhelykutasipuszta weißt du doch? Eines Tages steigst du dort aus. Ich hab' mir das schon oft gedacht, wenn die Züge von Budapest gekommen sind.«
»Denk's dir nicht mehr. Es hat keinen Zweck.«
»Als ob alles im Leben einen Zweck haben müßte.«
»Alles nicht. Aber das meiste!«
»Meine Adresse daheim hast du auch. Damit du mir wenigstens von dort schreiben kannst, aus – (das Wort

ging mir schwer von der Zunge) – aus Griechenland...«

»Vielleicht, Andreas.«

»Nicht vielleicht. Bestimmt. Ich – sieh mal – ich kann ohne dich nicht mehr leben...«

»Bub, du...!«

Sie sagte das so zärtlich wie nie ein anderes Wort vorher. Aber leider hieß es bloß »Bub«.

»Übrigens traf ich neulich zufällig einen deiner Freunde vom Schiff – diesen Rogotzky.«

»Was – den? Das ist kein Freund von mir.«

»Ein bißchen robust, aber ein ganz patenter Kerl!«

Wir näherten uns unaufhaltsam dem Bahnhof. Mir war erbärmlich zumute. Immer waren die Rogotzkys die Glücklichen im Leben.

Zuletzt mußten wir laufen, weil schon der Zug mit Prusten und Pfeifen näher kam. Wir ahnten nicht, daß er in Siófok einige Minuten Aufenthalt hatte.

Ich kam in ein Abteil dritter Klasse, in dem Bäuerinnen saßen. In ihren Körben hatten sie gackernde Hühner, mit denen sie nach Stuhlweißenburg zum Markt fuhren.

Ich stieg aus und blieb noch eine Weile neben Greta stehen, ohne ein Wort sprechen zu können. Es würgte mich in der Kehle. Sie sah mich an. In ihren Augen waren Heiterkeit, Wehmut, Zärtlichkeit und – ja, Mütterlichkeit.

Da flötete der Stationschef von Siófok auf seinem Tuthörnchen: Abfahrt!

»Du mußt einsteigen«, sagte Greta, noch etwas rauher als sonst, und ich sah es in ihren Augen schimmern. Sie stieg auf das Trittbrett, als ich die Coupétür hinter mir geschlossen hatte.

»Grüß Piroschka«, sagte sie, und im allerletzten Augenblick: »Hab sie lieb.«

Sie berührte dabei mit ihrem Mund mein Ohr. Es war wie ein Kuß. Aber da rief der Hörnchenmann sehr aufgeregt etwas Ungarisches, und die Lokomotive ruckte an. Greta sprang ab.

Ich winkte. Sie winkte zurück. Ich sah sie stehen und kleiner werden, und der Seewind blies in ihren leichten Sommerrock.

Wir fuhren eine längere Strecke am tiefblauen Balaton entlang. Er war grau für mich.

Zwischenspiel

Der Sommer war schon ein wenig schwach. Er konnte sich nur langsam wieder von den Gewittern erholen. Am Morgen wurde es bitter kalt, und manchmal lag bei Sonnenaufgang ein wenig Reif auf den Gräsern. Ich wußte das, weil ich öfters bei Sonnenaufgang wach war – noch oder schon. Ich fühlte mich weiter weg von daheim, als mir lieb war.

Dabei waren die guten Csikys unentwegt die sorglichsten Gastgeber. Sie stellten mich jede Woche auf die Waage im Behandlungszimmer meines alten Pusztadoktors und schrieben die Gewichtszunahme in ein blaues Heft.

»Wenn du Schweinderl wärst, möcht' man dich übers Jahr schlachten können«, sagte János bácsi, der sich auch im Landwirtschaftlichen auskannte.

Frau Ilonka kannte sich dafür mehr im Seelischen und in den Herzensbereichen aus.

»Was ist mit dir und Piroschka?« fragte Frau Ilonka eines Morgens beim Frühstück im roten Fliesenflur.

»Was soll sein?« log ich. »Ich seh sie seltener! Sie hat wohl viel zu tun in ihrem letzten Schuljahr.«

»Ah, so ist die Piri doch nicht. Das macht sie nebenher. Sag einmal, Andreas, war etwas auf der Reise damals – nach Budapest und dem Balaton? Bitte, sei ehrlich!«

»Was soll denn gewesen sein?«

»Ich meine, etwas Gefährliches.« Die lebenserfahrene Frau druckste herum und sprach das Folgende wie in einem altmodischen Volksstück: »Ein Kind?«

»Was für ein Kind?«

Mit einemmal lachte sie und sagte: »Es ist also nix gewesen...«

Trotzdem änderte das Gespräch nichts an Piroschkas merkwürdigem Verhalten. Sie huschte ins Haus, sobald sie mich in Bahnhofsnähe kommen sah. Unsere schönen Plauderstunden unter den geschwungenen Säbeln der Kossuthverschwörer waren vorbei, und ich durfte nie mehr das Sígnal stellen. Ich gestehe heute noch, daß mir das ganz besonders fehlte.

Aber auch Piroschka selbst fehlte mir. Es war merkwürdig: Gretas Bild begann abzulassen, und wenn ich schlaflos lag, sah ich dafür fast immer Piroschka.

Die Bogenlampe von der Siófoker Allee ließ die Erinnerung immer intensiver leuchten.

Einmal wurde ich nachts wach und sagte vor mich hin: »Gretoschka...«

Natürlich kegelten wir abends immer noch – manchmal schon, um uns warm zu machen. Ich hatte besser zielen gelernt und nahm das »Alle neine! Vergatterung!« des alten Sándor wie eine selbstverständliche Huldigung entgegen. Aber es fehlte mir jemand, der auf mich stolz war.

Vater Rácz nannte mich zwar mit ungemindertem Respekt auch weiterhin »Herr Stúdent«, aber ein Stachel schien seit jener heimlichen Reise seiner Tochter in seinem Herzen zurückgeblieben zu sein. Mutter Margit mit den schwarzen Papierlöckchen sprach mehr und schneller denn je Ungarisch mit Frau Ilonka, und dann sahen beide oft achselzuckend zu mir herüber.

Zwar hatten sich meine ungarischen Sprachkenntnisse vervollkommnet, aber sie reichten nicht aus, die beiden Damen zu verstehen. Der einzige wirklich zusammenhängende magyarische Satz, den ich fehlerlos abschnurren lassen konnte, hieß: »Ich bitte um das Nachthemd, das ich neulich hier vergessen habe.«

Mit diesem Satz war ich eines Tages zum Unitariuspfarrer Pali bácsi geschickt worden, um meine vergessene Habe abzuholen. Aber ich wäre durch ihn auch beinahe in ein Duell verwickelt worden.

Wir mulattierten im Offizierskasino in Hódmezővásárhely. Der »tapfere Verbündete« wurde wie üblich mit guten Alkoholika traktiert und landete schließlich in einer Runde von Damen, die ihn, unter dem Präsidium der Frau Regimentskommandeur, wie ein Schoßhündchen behandelten.

Ich paradierte dort um so lieber, als eine der jüngsten Damen des Regiments auch die hübscheste war. Ausgerechnet sie mußte mich fragen:

»Können Sie schon Ungarisch?«

Ich haspelte renommiersüchtig meinen Paradesatz ab: »Kérem a háloingemet!« – »Ich bitte um das Nachthemd!« Die Dame wurde grundlos rot, und unglücklicherweise trat im gleichen Augenblick ihr Mann hinzu, ein junger Oberleutnant mit einer Feder auf der Offizierskappe, allen möglichen Tapferkeitsauszeichnungen und dem Titel »Vitéz« – »Held«, der Trägern der »Großen Goldenen« verliehen werden konnte.

Der Held funkelte mich an:

»Wie kommen Sie auf das?«

Ich sah schon mit Entsetzen das schöne Spiel vom »Auf die Toilette bitten« und »Satisfaktionsfähigsein« ablaufen, das ich von den Kommilitonen daheim kannte, als zum Glück mein János bácsi hinzutrat und Öl auf die Wogen und einen alten Jahrgang »Mädchentraube« in den erbitterten Oberleutnant goß. Eine Viertelstunde später sangen wir in enger Umarmung die wechselseitigen Hymnen und küßten uns auf die Koteletten, die bei mir kräftig wuchsen. Piroschka war auch in dieser Nacht nicht dabeigewesen.

Es gab jetzt Augenblicke der Langeweile für mich – und das ist ein gefährliches Zeichen dafür, daß die Fremde den Reiz des Wunderbaren zu verlieren beginnt und Alltag wird. Manchmal waren mir das gelbe Stationsgebäude mit dem ellenlangen Wort »Hódmezövásárhelykutasipuszta«, der Sonnenblumenfriedhof und die Gastwirtschaft Laufer mit ihrer bizarren Schaufensterauslage so vertraut, wie einst daheim die sonntägliche Marktmusik mit dem Titanic-Choral oder das »Gasthaus zum goldenen Löwen« mit dem mageren Schimmelomnibus. So weit sollte man es aber nie kommen lassen. Man sollte rechtzeitig aufhören – mit allem im Leben ...

Die guten Csikys, die irgend etwas von meinen Wirrnissen bemerkt haben mochten, suchten immer wieder nach neuen Abwechslungen für mich. Eines Tages sagte Frau Ilonka:

»Andreas, du solltest einmal meine Eltern in Orosháza besuchen. Sie sind sehr lieb und sehr alt und werden sich freuen.«

Nun, warum nicht? Ich kannte Orosháza noch nicht, das ebensoweit in östlicher Fahrtrichtung lag wie Hódmezövásárhely in westlicher.

Ich hätte es nicht kennezulernen brauchen; denn ich

kannte es doch schon. Es sah nämlich genau so aus wie Hódmezövásárhely, und wenn man hier alle Häuser westlich der Theiß zusammengekehrt zu haben schien, so waren es in Orosháza die östlich der Körös. Hier wie dort waren sie blendend weiß gekalkt und blitzsauber.

In einem solchen Haus wohnten auch die uralten Eltern der Frau Ilonka, und das Besondere war nur, daß es in einem großen, stillen Weingarten stand, in dem schwere, reife Trauben an den Rebstöcken hingen.

Wenn es durchaus nicht die, »alten Linden« aus Goethes »Faust« sein mußten, sondern alte Reben als Ersatz geduldet wurden, so hatte man hier Philemon und Baucis in der köstlichsten Gestalt vor sich: liebe, weißhaarige Menschen – der alte Herr vergeistigt, schmal und ein wenig gebeugt, seine Frau etwas voll, mit weißem Scheitel, ein Professorenehepaar, das in einem verklungenen Jahrhundert in Budapest, neben dem landesüblichen Csárdás, noch die letzten Menuette getanzt haben mochte.

Der alte Professor begrüßte mich in der Laube seines Hauses – die zu allem beglückenden Überfluß auch mit Weinlaub bewachsen war – mit einem feierlich homerischen, klassisch griechischen Gruß. Ach, und ich war nur Realgymnasiast und schämte mich sehr ...

Doch jener Kavalier eines verklungenen Jahrhunderts schaltete, mein Nichtverstehen erkennend, sogleich diplomatisch um und erwies mir den Gastgruß in einem überakzentuierten Deutsch:

»Warum stehen sie davor?
Ist nicht Thüre da und Thor?
Kämen sie getrost herein,
Würden wohl empfangen seyn.«
»Goethe«, antwortete ich erleichtert.

Und er, zu meiner Beschämung: »1828!«

Man hatte förmlich gehört, wie er die th's und y's der Goetheschen Schreibweise mitgesprochen hatte.

Es wurde ein Nachmittag erlesener Geselligkeit bei den alten Leutchen, wobei ich mich nur immer hüten mußte, meine stark kriegsbeschädigte Bildung merken zu lassen. Denn der Professor sprach auch Hebräisch, lernte eben mit fünfundsiebzig Sanskrit und schrieb jede Woche ein lateinisches Gedicht im örtlichen »Ujság«, dem Orosházaer Tageblättchen. Als er mir eins davon zeigte, strapazierte er meine Mittelbildung allzusehr, denn er fragte mich, ob ich es gut fände.

»Vorzüglich, Herr Professor«, antwortete ich.

»Haben Sie sogleich bemerkt, wovon es handelt?«

»Ja«, schwindelte ich, »von Julius Cäsar.«

»Oh«, sagte er und hob die Brauen ein wenig, »diese Stelle mit Cäsar ist nur ein poetischer Vergleich. Es ist eine heitere Ode über den letzten Viehmarkt in Orosháza, bei dem sich ein Bulle aus dem Stand befreit hatte.«

Daraufhin suchte ich das Gespräch so schnell wie möglich aus dem klassischen Altertum in die unverfänglichere Gegenwart übersiedeln zu lassen ...

Als nach dem Mittagessen Philemon und Baucis müde wurden und sich in den kühlen Gemächern ein wenig zur Ruhe legten – draußen war es seit einigen Tagen wieder hochsommerlich heiß –, erging ich mich rasch in dem rebengesegneten Garten Eden und brach rote und weiße Trauben von den Stöcken, auch die fette Schwarze Isabella, die ich genüßlich allen andern vorzuziehen begann.

Ich hätte es nicht tun sollen! Die Trauben gehörten – ich ahnte das nicht – dem klassischen Professor sowenig wie das Haus, das er nur gemietet hatte. Eigentümer von beidem aber war ein Magyar von der finsteren Sorte, ein überlebender Roßknecht des Attila, der nur versehentlich noch nicht mit auf der Milchstraße ritt. Mit unflätigem Schimpfwörtergebrüll – und die ungarische Sprache verfügt über einen wohlassortierten Vorrat der lästerlichsten Flüche – nahte sich dieser Neandertaler mir harmlos in seinen Gefilden Lustwandelndem. Er schwang einen Ochsenprügel und schien nicht minder gefährlich als der vom Professor auf lateinisch besungene Bulle.

Schon sah ich mich unkenntlich niedergetrampelt, als ich in letzter Menschennot den rettenden Einfall bekam.

Inmitten des fruchtschweren Gartens Eden hub ich mit zitternder Stimme zu singen an:

»Heil dir im Siegerkranz,
Herrscher des Vaterlands,
Heil, Kaiser, dir.
Fühl in des Thrones Glanz
Die hohe Wonne ganz,
Liebling des Volks zu sein,
Heil, Kaiser, dir!«

Und siehe da, mit dem Roßknecht Attilas begab sich etwas Wunderbares. Der Prügel entsank seiner Faust, die Flüche blieben ihm in der Kehle stecken, und er stammelte nur noch ein Wort:

»Német?«

»Igen«, sagte ich groß.

Im nächsten Augenblick mußte ich eine kräftig nach Knoblauch duftende Wange mit harten Bartstoppeln küssen und einen Wein trinken, der alle bisher genossenen in den Schatten stellte. Als mein greiser Professor etwas verwundert im Rebgarten und in unserer Mitte auf-

tauchte, wagte ich es schon, ihn mit einem klassischen Zitat zu begrüßen:
»Eheu, fugaces, postume, postume!«
Mit der pennälerfrechen Übersetzung, die ich anfügte:
»Aus dem Heu, ihr Flüchtlinge, hintenrum! hintenrum!« wußte er freilich nichts anzufangen, weil ihm die Sprache des Horaz doch zu heilig war, als daß er kindische Scherze mit ihr getrieben hätte.

Nunmehr begingen wir drei – der magyarische Neandertaler, mein Philemon und ich nichtswürdiger Student – eins der köstlichsten Gelage, die ich in Ungarn erlebt habe. Es wurde ein Männerumtrunk von überdimensionalem Format, gefeiert an einer Tonne für Schädlingsbekämpfungsmittel, ein Hymnensingen und wechselseitiges Sichküssen, wie ich es nie für möglich gehalten hätte. Ich rezitierte meinen einzigen Bonifatius-Kiesewetter-Vers und behauptete, er stamme von Hölderlin. Mein Professor übersetzte ihn ins Sanskrit, und der Bulle von Orosháza sang unentwegt:
»Filindéz trónesglancz.«
So viel Deutsch hatte ich ihm schon beigebracht.

Baucis rettete uns vor dem völligen Untergang, als sie uns zum Kaffee holen wollte und inmitten des paradiesischen Weingartens einen Rattenkönig von Männern und Flaschen fand ... Dies war einer der merkwürdigsten Tage in Ungarn, und als ich am Abend mit einem schweren, dicken Kopf nach Vásárhelykutas zurückfuhr, fand ich auf dem Bahnsteig Piroschka. Sie hatte nicht geahnt, daß ich aus östlicher Richtung kommen könnte, und ihre Überrumpelung war vollkommen. Als sie mich erblickte, wollte sie fliehen. Aber ich, der ich phantastisch beschwingt war, holte sie ein.
»Piri, was ist mit dir?« fragte ich.

169

»Was soll sein?«

Ihre Augen flohen immer noch.

»Du bist immer weg. Ich seh dich nie mehr.«

»Laß mich, bitte.«

»Nein, ich will dich aber sehn. Ich muß bald abreisen!«

»Andi!«

»Ich liebe dich doch, Piroschka. Szeretlek – szeretlek!«

Sie riß die Augen auf – groß, ungläubig.

Ich war ganz nahe bei ihr und ebenso nahe daran, sie zu umarmen, als sie etwas bemerkte, was ich allerdings nicht leugnen konnte:

»Du bist ja bétrunken«, sagte sie.

Und schon war sie weg, in dem gelben Stationsgebäude verschwunden, und Vater Rácz blies auf seinem Tuthörnchen, um den Zug in Richtung Hódmezövásárhely abfahren zu lassen ...

Am Abend gab mir János bácsi anderthalb Pyramidon-Tabletten 0,5. Er hielt viel von deutschen Medikamenten.

Maisrebeln

Draußen wurde es wieder heiß an den Mittagen, und es blieb lau bis tief in die Nacht hinein. Nur in der Sonnenaufgangsstunde war es kühl. Inwendig in mir aber wurde es kalt.

Ich geriet in einen seltsamen Schwebezustand. Die Tage bis zu meiner Abreise waren gezählt, und je mehr das Zuhause wieder Macht über mich gewann, um so ferner begann mir das vertraute, sichtbare, spürbare, in seinen guten kulinarischen Gaben auch schmeckbare Ungarn zu rücken. Ich fühlte mich nicht mehr ganz hier. Ich ahnte nicht, daß ich in diesem Ungarn noch ein »Jetzt« und »Hier« erleben sollte, wie es mir zuvor nie beschieden gewesen war. Mit dem »Maisrebeln« aber begann es.

Ich hörte das Wort zum erstenmal beim Mittagessen. Es gab – ich erinnere mich genau – ein zartes Rindfleisch, das etwas süßliche Kürbisgemüse dazu und die traditionelle Maronispeise. Beim Nachtisch sagte der Doktor bácsi ganz nebenbei:

»Wir werden also am Mittwoch den Kukuruz rebeln!«

»Ich hab' schon vorbereitet«, antwortete Frau Ilonka. »Wein ist genug da ...«

Ich muß etwas verdutzt dreingeschaut haben, da ich den Zusammenhang zwischen Mais und Wein nicht begriff, so daß Frau Ilonka mich fragte:

»Ist das Rebeln bei euch keine große Angelegenheit?«

»Sie haben wahrscheinlich nicht viel Kukuruz daheim«, sagte ihr Mann.

»Gar keinen«, antwortete ich. »Mein erstes Maisfeld habe ich in Bayern gesehen, und das war nur ein schmaler Streifen. Ich hab' fragen müssen, was das für eine merkwürdige Pflanze ist.«

»Pflanze!« Frau Ilonka schüttelte lachend den Kopf. »Es fehlt euch doch viel da oben!« (›Am Nordpol‹, klang ungesagt mit.)

»No, jedenfalls wird ihn das Rebeln amüsieren«, sagte Herr Johann von Csiky und gab keine weitere Erklärung ab über das Warum.

Am Mittwochvormittag fing der Laufer an, Mais auf den Hof zu fahren. Die Hühner und die Ferkel mit ihren drahtigen dunklen Locken, die ich auch als ungarische Spezialität kennengelernt hatte – ein anständiges deutsches Schwein wirkte dagegen glattrasiert –, kurz, alles Viehzeug wurde vom Hofe entfernt, den man für ein mir noch unbekanntes Zeremoniell zurüstete.

Am Nachmittag kamen Bauern vorbei, redeten mit János bácsi viel Ungarisch, begutachteten den Mais, zerrieben die dürren, großen Blätter, in welche die Kolben gebettet waren, mit den Fingern und entfernten sich mit einem »Auf Wiedersehen!«

Das Wiedersehen begab sich schon am Abend. Es war ein exquisiter Abend mit allem späten Sommerglanz, einer hauchzarten Mondsichel am verblassenden Dämmerungshimmel, windlos und milde. Wir aßen später als sonst – und noch mehr, noch reicher und noch deftiger.

»Heut nacht werde ich nicht schlafen können«, sagte ich am Ende schnaufend.

»Du sollst auch gar nicht schlafen!« antwortete János bácsi und sah seine Frau verschmitzt an.

Mehr sagte er wieder nicht. Doch Frau Ilonka gab mir einen unverständlichen Ratschlag.

»Zieh das Gewand aus, was du anhast«, sagte sie.

Ich hatte in Erwartung eines unbekannten Festes meinen dunkelblauen Anzug – den »guten«, beinahe Friedensstoff – angezogen, und Frau Ilonka riet mir, den ältesten Wanderanzug mit den grünlichen Breeches anzuziehen.

»Es staubt ein wenig«, fügte sie hinzu.

Das staubige Fest machte das zu Erwartende noch rätselhafter.

Von neun Uhr an wurde es auf dem Hof lebhaft. Junge Bauern kamen – viele kannte ich schon vom Laufer und der Windmüllerhochzeit her – und junge Mädchen, kurzberockt, mit bloßen Beinen und manche sogar barfuß. Alle waren vergnügt und aufgekratzt, und als die großfüßige Magd Judith, gemeinsam mit dem Allround-Bediensteten Sándor, Holzschemel trug und Weinkrüge herbeischleppte, gab es ein allgemeines Hallo.

Jetzt *mußte* ich fragen, was hier gespielt wurde.

»Maisrebeln«, antwortete Onkel János wieder dunkel. Doch seine Frau, die Mitleid mit mir hatte, schien bereit, mir die ersehnte Aufklärung zu geben.

»Siehst du«, sagte sie, »das Berg Kukuruz, was da draußen im Hof ist, wird gerebelt. Sie machen die großen Blätter ab und tun die Kolben heraus. Die werden dann ins Stall gebracht und geschichtet . . .«

»Und das ist alles?«

»Das ist alles.«

Mir erschien dies als eine recht enttäuschende Erklärung.

»Und warum«, fragte ich, »kommen dann die vielen Leute zusammen?«

»Weil es halt ein Fest ist, vom späten Sommer, von der Ernte. Vielleicht auch von der Jugend – und, was weiß ich, von der Liebe...«

Ich runzelte die Stirn: Die Liebesfrage war für mich eine platonische Sache geworden.

»Piroschka kommt natürlich auch. Alle Nachbarn!« beantwortete meine Gastgeberin eine Frage, die ich nicht gestellt hatte.

Jetzt wurden Windlichter auf dem Hof entzündet, und es sah schön aus, wie sie den goldenen Kukuruz beleuchteten. Der spärliche Mond legte sich hinter der Hofmauer schlafen, und Árpáds Helden fingen an, den Himmel silbern zu bestäuben.

Um halb zehn kam Piroschka. Sie kam allein und sah wieder wie ein ganz kleines Mädchen aus; denn sie trug einen alten, sehr kurzen Rock und war barfuß. Faust hätte seine Schicksalsfrage »Ist über vierzehn Jahr doch alt?« nicht zu stellen gewagt.

Ich hielt mich absichtlich abseits, als das Stationsmädchen die beiden Csikys begrüßte, denn ich wollte nicht wieder einen solchen Reinfall erleben wie bei der Ankunft aus Orosháza. Piroschka flüsterte János bácsi etwas ins Ohr und wurde von ihm in den stillgelegten Pferdestall geführt.

»So!« sagte er danach. »Jetzt fangen wir an!«

Die jungen Leute auf dem Hof hatten schon angefangen, die Kolben frei zu machen. Die Blätter raschelten und bildeten vor den Schälenden kleine Häufchen.

Sándor schob die erste Karre mit »fertigen« Kolben in den Stall. Im selben Augenblick kam ein mir unbekannter alter Mann mit einem ungefügen, seltsamen Blasinstrument, der von allen Seiten stürmisch begrüßt wurde. Ohne Verzug setzte er das Instrument an die Lippen, und sofort war wieder die süße Schwermut der Nachtfahrt zur Windmühle da.

›Das ist der Miklós, was die Pferde weidet mit seiner Tárogató!‹, meinte ich Piroschkas Stimme aus jener Nacht zu hören.

»So! Und jetzt mußt du Piroschka helfen!« sagte Doktor Csiky im gleichen Augenblick, da es auf dem Hof interessant zu werden begann. »Jetzt schafft sie das allein nicht mehr!«

»Ich weiß nicht«, sagte ich bedenklich, »wird denn Piroschka – –?«

»Sie wird!« antwortete mein alter Freund diktatorisch. Er zog mich am Arm über den Hof zum Pferdestall.

Im Stall roch es nach Staub und noch ein klein wenig nach den Pferden von ehedem. Zwei Windlichter waren auch hier aufgestellt und warfen seltsame Schattenfiguren an die einst weißgetünchten, jetzt altersgrauen Wände. Einer der Schatten gehörte Piroschka, die auf mich starrte wie das Huhn auf die Schlange.

»Guten Abend, Piri«, sagte ich in erzwungener Munterkeit.

»Guten Abend, Andi.«

Es klang ein wenig matt. Aber immerhin: Andi . . .

»Ich soll dir helfen.«

»Bitte schön!« sagte Piroschka.

Damit waren wir mit unserm Deutsch schon wieder ziemlich am Ende.

»Was muß ich denn jetzt tun?«

»No, gib mir holt das herüber – vom Kukuruz! Wie heißt auf deitsch?«

»Kolben...«

»Das Kolben«, sagte die gelehrige Schülerin. »Und ich bau' es auf.«

»Die«, verbesserte ich.

»Was ›die‹?«

»Die Kolben, nicht das Kolben.«

»Köszönöm szépen – danke schön!«

Wir gingen so höflich miteinander um wie befeindete Staatsmänner, und Piroschka war es, welche die Konferenz mühsam weiterführte.

»Aber eine Kolbe – ist das ›die Kolbe‹ oder ›das Kolb‹?«

»Der Kolben.«

»Schwer«, sagte Piroschka und runzelte ihre jetzt oberkläßliche Maturantenstirn.

»Das Kolb«, sagte ich, »ist ein Tier, das muh macht.«

»Ich denke, das heißt man ›Kalb‹?«

»Jawohl«, sagte ich sachlich, »das Kalb!«

Brav, Schülerin Piroschka, einen 'rauf! Wir befanden uns in einem angenehmen, kühl-wissenschaftlichen Klima. Aber besser ein solches als gar keins...

Beinahe hätten wir über der Kolbendebatte die Kolben selbst vergessen. Aber da kam Sándor mit einer neuen Karre voll goldgelber Fracht. Er grüßte mich wie üblich mit »Habtacht! Vergatterung! Alle neine!«, und ich sagte zu ihm sehr flott: »Jó estét kivánok« – »Guten Abend wünsche ich.«

Als Sándor uns verlassen hatte, wurde es wirklich Zeit, etwas zu tun, sollte uns der Kukuruz nicht im Wortsinn über den Kopf wachsen.

»Am besten ist es, wir schichten das hier nebeneinander an der Wand auf«, schlug ich vor.

Aber da ich damit in allzu dichte Berührung mit Fräulein Rácz gekommen wäre, machte sie von sich aus einen Gegenvorschlag:

»Du wirst mir, bitte schön, Kolben – der, die, das! (ein Fünkchen Humor in der Konferenz!) – herübergeben, und ich schichtele allein. Weil du das nicht so wirst können!«

Intellektueller Hochmut einer hódmezövásárhelyischen Schülerin traf auf meinen akademischen. Aber, bitte, wenn sie wünschte . . .

Ich kniete mich mit meinen Breeches auf den kalten Steinboden, und sie, eine Schütte Stroh unter den bloßen Knien, schichtete die Kolben auf. Die hatte der lange, heiße Sommer völlig reifen und trocknen lassen. Manchmal sprangen die kleinen Kügelchen, die ich von daheim als Hühnerfutter kannte, von ihrem Fruchtstand ab.

Zunächst arbeiteten wir stumpf und wortlos wie Sklaven oder Akkordarbeiter und waren fertig, ehe Sándor mit der nächsten Fuhre kam. Piroschka klatschte sich die Hände ab.

»Man wird stäubig«, sagte sie.

»Und durstig«, antwortete ich.

Und wie im Wunschmärchen tat sich die Tür auf, und Judith mit den großen Füßen trug einen blauen, bauchigen Krug herein. Schweigend entfernte sie sich wieder. Trinkgefäße hatte sie nicht mitgebracht.

Piroschka schien das natürlich zu finden. Sie setzte den Krug an die Lippen, tat einen kräftigen Schluck daraus und reichte ihn mir schweigend weiter. Um ihr Zartgefühl zu schonen, trank ich von der anderen Seite. Ich gab ihn wieder zu ihr hinüber, indem ich ihn vorbereitend drehte – aber sie drehte weiter und trank von meiner Stelle. Als sie sah, daß ich es bemerkte, wurde sie rot unter der Sechserlocke. Von nun an tranken wir, wie es kam.

»Jo bor«, sagte ich – »guter Wein.«

»Nagyon jo«, antwortete sie, »pompás!«

Und das hieß »sehr gut« und »wunderbar«.

Darauf hin zitierte ich meinen kompletten Renommiersatz vom vergessenen Nachthemd. Piroschka drehte sich um und schichtete Kolben, die bereits geschichtet waren. Ihr neuralgischer Punkt war offenbar berührt worden.

Erst beim zweiten Drittel des nächsten Kruges fragte sie zaghaft:

»Hat man etwas gésähen?«

»Was denn?«

Neues Ringen, neuer Schluck, neue Qual.

»Unter mein – Nachthemd?«

Also das war es! Das war wirklich der schreckliche Punkt. Nun hätte ich allerdings munter prahlen und die Bogenlampe von Siófok noch um einiges heller scheinen lassen können, aber ich sagte mit beruhigendem Zartgefühl:

»Gar nichts, Piroschka – überhaupt nichts!«

»Nichts?«

Das klang merklich erleichtert, aber doch auch wieder nicht so jubelnd, wie ich glaubte annehmen zu dürfen. Versteh einer die Pusztamädchen!

Jetzt rollte zum Glück Sándor neue Kolben herein, dem in ziemlich gleichbleibendem Abstand Judith mit neuem Wein folgte. Manchmal kamen mir die beiden wie Kontrollorgane vor, von meinen Doktorsleuten beauftragt, unser Verhalten oder Nichtverhalten zu überwachen. Aber das mochte eine leere Vermutung sein.

Es war elf Uhr dreißig – ich hatte gerade auf meine silberne Konfirmationsuhr mit der schwarzen »Gold-gab-ich-für-Eisen«-Kette des Weltkriegs geschaut –, als Piroschka sagte:

»Sie hat dir nicht mehr geschrieben?«

»Wer?«

»Greta ...«

»Nein!«

Des demonstrativ gesprochenen Ausrufungszeichens am Ende hätte es nicht bedurft; denn alle meine Post ging ja ohnehin durch die Zensur von Mutter Rácz.

Da fuhr mir plötzlich etwas durch den Kopf: Wenn nun meine deutsche Freundin wirklich geschrieben hatte, und dieses Mädchen da oder ihre Mutter hätte mir einfach die Briefe oder Karten nicht ausgehändigt? Ich sah Gretas flehende, glühende Geständnisse im Ofen des Kossuthzimmers zu Asche werden. Und ich mußte diesen furchtbaren Verdacht – wenn auch auf Umwegen – äußern.

»Eigentlich wundert es mich«, sagte ich, »daß von ihr nichts gekommen ist!«

»Hat sie schreiben wollen?«

»Ja«, log ich. »Vielleicht ist etwas verlorengegangen.«

Das war das Verkehrteste, was ich überhaupt hatte sagen können; denn das Mädchen Piroschka, das da vor der Stallwand kniete, wandte sich um, eine andere Röte überlief ihr Gesicht, und sie fuhr mit der Hand so wütend über die aufgeschichteten Kukuruzkolben, daß der ganze Stapel wieder zusammenpurzelte.

»Ich hab' dir deine Post nicht gestohlen«, schrie sie mit überkippender Stimme. »Alles hab' ich für eich tun wollen, daß ihr eich sollt liebhaben... Und jetzt sagst du so!«

Ich erschrak furchtbar.

»Piroschka«, sagte ich, »entschuldige, Piri!«, und versuchte, sie bei der Hand zu fassen.

Aber ihre andere Hand war schneller, und die spürte ich jetzt in meinem Gesicht, und ich meinte sogar ein Wölkchen Staub – von meiner Backe oder ihrer Hand – vorüberfliegen zu sehen. Im selben Augenblick stürmte das Stationsmädchen auch schon – platsch, platsch – barfuß zur Stalltür, und draußen war sie. Dem guten Sándor, der gleich danach mit seiner quietschenden Karre wieder hereinkam, blieb die »Vergatterung« im Halse stecken, da er mich allein fand. Er sah mich prüfend – halb mißtrauisch, halb verständnisvoll – an...

Der Briefträgerhirt ließ mich hilflos inmitten eines beträchtlichen Kukuruzberges zurück. Ich saß auf dem kalten Steinboden und dachte: ›Geschieht ihr schon recht, wenn ich mir eine Lungenentzündung hole!‹, obwohl die der Kälte ausgesetzte Körperpartie der Lunge ziemlich fern war.

Der große Zeiger meiner Silberuhr zeigte immer noch halb zwölf. Sie war stehengeblieben. Auch das noch!

Von draußen hörte man das Gedudel der wehmütigen Tátogató. Kitschig wie alles hier – wie die Gefühle dieser albernen Person!

Da machte es an der Bahnstrecke »Bim-bam – Bim-bam«. Nun, wußte ich, würde das Signal gezogen werden, und gleich würde der Nachtschnellzug von Orosháza nach Pest vorüberdonnern. Säße ich nur schon in ihm! Aber der hielt ja hier gar nicht. Immerhin konnte man seine Uhr danach stellen...

Ich saß noch eine Viertelstunde auf dem Boden, dann

wurde es mir wirklich zu kalt. Auch der Gedanke an eine Lungenentzündung machte mir keine Freude mehr.

Das war also das vielgerühmte Maisrebeln. Ich hatte es mir anders vorgestellt.

Kleine Silberknöpfchen ...

Was kümmerte mein Schmerz die andern, die jungen Burschen und Mädchen draußen auf dem Hofe! Sie rebelten weiter und taten offenbar nicht nur das; denn Sándor kam in immer größeren Abständen und Judith in immer kleineren. Das bedeutete, daß draußen langsamer gearbeitet und schneller getrunken wurde. Mein blauer Krug brauchte nicht mehr nachgefüllt zu werden. Er stand unangetastet auf der Erde, auf dem kahlen, kalten Stallboden.

Schneller, viel schneller aber war inzwischen der Rhythmus der Tárogatómusik des alten Miklós geworden. Ein Csárdás löste jetzt, statt der schwermütigen Weisen, den andern ab. Und das Durcheinanderquirlen, Lachen und Singen der Stimmen draußen deutete darauf hin, daß sich zu den Arbeitenden auch noch junges Volk gesellt haben mochte, das nur um des Mulattierens willen gekommen war. Nur ich blieb allein bei meinen durcheinandergepurzelten Kolben, ein »tapferer Verbündeter«, den seine Alliierten im Stich gelassen hatten.

Je lustiger sie draußen wurden, um so elender fühlte ich mich. Sentimentale Romanüberschriften für mein Leid fielen mir ein: »Verlassen« und »Vom Glück verstoßen«. Daß sie so weh taten, tat mir ein klein bißchen wohl.

Und Piroschka? Die tanzte und lachte natürlich draußen – lachte über mich, den physisch und psychisch Geohrfeigten, tanzte auf meinem zuckenden Herzen. Meine lyrische Phantasie wurde immer kitschiger. In tiefen, langen Zügen leerte ich den Weinkrug und ließ ihn von Judith aufs neue füllen.

Um drei Uhr morgens tat sich die Tür auf. Zwei Menschen kamen herein: Frau Ilonka von Csiky – und Piroschka. Aber wie anders sah das Stationsmädchen aus, als meine selbstquälerische Phantasie sich das vorgestellt hatte: verheult, mit roter Kummernase...

»Was ist mit euch?« fragte Frau Ilonka. »Der János und ich denken, ihr seid hier vergnügt beisammen, und jetzt find' ich das Mädel in der Speiskammer so!«

Ihr entrüsteter Finger demonstrierte das Stück Elend, das sie vor sich herschob.

»Was hast du ihr getan, Andreas?«

Noch ehe ich den Mund zur Rechtfertigung aufbekommen konnte, sprach bereits Piroschka:

»Gétan? Nichts hat er mir gétan! Ich hab' ihm was gétan...«

»Vertragt ihr euch jetzt?«

»Ja«, schluchzte Piroschka.

»Jawohl«, bekräftigte ich düster.

»Na also!«

Damit war die Tür wieder zu...

»Wollen wir das wieder aufbauen?« fragte ich, indem ich auf den umgestürzten Maisberg deutete und als Älterer die Verantwortung für das Kommende übernahm.

»Ja«, sagte Piroschka mit ganz kleiner Stimme und

begann stumm zu schichten, während ich ihr die goldenen Kolben hinüberreichte.

Dieses Aufbauwerk wurde gleichsam zur zeremoniell symbolischen Friedenshandlung.

»Wenn du dich doch möchtest neben mir hinknien, möchte es schneller gehen können.«

Mit diesem umständlichen Satz leitete das ungarische Mädchen eine neue Phase unseres Zusammenwirkens ein, die sich hinfort aufs schönste entwickelte. Wir schichteten nun Seite an Seite, ihre bloßen Knie berührten meine Breeches und ihre Finger oft die meinen. Unsere Augen begegneten sich ein paarmal, wenn sie sich gerade unbeobachtet glaubten. Und in diese zunehmende Vertraulichkeit hinein platzte ihr Ausruf:

»Schrecklich!«

»Was ist denn so schrecklich?«

»Wenn man denken möchte, daß wir vor drei Stunden schon so hätten haben können...«

»Vor drei Stunden? Vor sechs Wochen!«

»Woso vor sechs Wochen?«

»Seit sechs Wochen bin ich doch schon in Vásárhelykutasipuszta.«

»Ja, das ist wirklich noch viel schrecklicherer!«

Eine überzeugendere Steigerung der betrüblichen Sachlage konnte es nicht geben, es sei denn jene, welche meine Antwort auf ihre nächste Frage auslöste:

»Wann mußt du hinwegfahren?«

»Übermorgen!«

Denn danach kam ein wort- und sprachloses Weinen...

Ich griff wieder nach Piroschkas Hand, und diesmal wurde sie mir nicht entzogen. Im Gegenteil, ich bekam noch eine zweite dazu. Und wenn sich nicht gerade da die Magd Judith mit neuer Weinzufuhr genähert hätte – wer weiß, was geschehen wäre!

Ich reichte Piri die nachgefüllte Kanne, aber sie trank nicht, sondern sagte:

»Bitte! Zúgleich!«

Ich mußte meinen Kopf an ihren Kopf drängen – mein Mund war dem ihren gefährlich nahe –, und dann tranken wir zusammen. Es war ebenso mühsam wie schön und erregend. Und als wir den Mais aufgeschichtet hatten, kam kein Sándor mehr mit Nachfuhr. (Konnte ich ahnen, daß die mütterlich fürsorgende Frau Ilonka ihn klüglich abgestoppt hatte?)

Der rasch getrunkene Wein machte Piroschka beinahe noch schneller vergnügt, als sie vorher traurig geworden war. Als wir den Krug von unseren Mündern abgesetzt hatten, fiel ihr etwas ein. Sie lief zur Futterraufe von Onkel János' dahingegangenen Pferden und schwang sich hinein. Ich lagerte mich zu ihren Füßen, die an den Sohlen recht staubig waren. Aber das Braun der hübsch geformten Beine, die sie durch die Sprossen gesteckt hatte, war echtes Pusztasommersonnenbraun.

»Wie Julia auf dem Balkon«, sagte ich.

»Was für Julia?«

Ihre Züge drohten sich schon wieder zu umdüstern, und ich beeilte mich, ihr die veronesische Liebesgeschichte zu erzählen, die in ihrer sittenstrengen Schule auch der Oberstufe vorenthalten blieb.

»Und wie, sagst du, heißt das Mannsbild?«

»Romeo!«

»Bleede Sprache!«

Italienisch gefiel ihr nicht.

Zum Glück kam sie selbst auf ein anderes Thema, zu dem die Musik draußen das Motiv gab.

Ein schon von der Melodie her drolliges Lied wurde vom Altmusikmeister Miklós gespielt, zu dem die Burschen und Mädchen sangen und übermütig lachten.

»Ist das Lied so lustig, Piri?« fragte ich.

»Sähr!«

»Wovon handelt es denn?«

»Vom Knöpfchen!« antwortete sie und begann auch sogleich zu singen: »Knöpfchen, Knöpfchen, Knöpfchen, Knöpfchen – kleine Silberknöpfchen...«

»Hm, und wie geht es weiter?«

»Knöpfchen, Knöpfchen, Knöpfchen, Knöpfchen – kleine Silberknöpfchen.«

»Und später?«

»Knöpfchen, Knöpfchen, Knöpfchen, Knöpfchen – kleine Silberknöpfchen.«

Sie lachte, wie die Singenden draußen, und schien Spaß daran zu haben, mich zum besten zu halten.

»Ja, Piroschka, jetzt möchte ich aber wissen, worüber die im Hofe so lachen!«

»Das ist es doch! Eben weil es alles ist, das ›Knöpfchen, Knöpfchen, Knöpfchen, Knöpfchen – kleine Silberknöpfchen‹ – eben drum lachen alle so. Das ist eben – hát, wie sagt man: Volkesgésang.«

»Volkslied, meinst du.«

»Volkeslied... So sind in Ungarn viele!«

»Bei uns haben die Volkslieder alle einen Sinn. Oft einen sehr schönen. Zum Beispiel gibt es Wanderlieder, Liebeslieder...«

Ich dozierte wie im germanistischen Seminar.

»Kannst du singen so ein Liebesgésang?«

Gesänge waren meine schwache Seite – und die Liebe, nun ja...

»Oh, bitte, Andi, singe eins für mich!«

Sie legte sogar die Zehenspitzen bittend zusammen. Was blieb mir übrig, als meiner Unmusikalität etwas abzufordern! Im ersten Augenblick fielen mir nur Schlager ein, »Puppchen, du bist mein Augenstern« und »Bummelpetrus«, aber dann bekam ich doch etwas Geeignetes in die Kehle:

»Horch, was kommt von draußen rein, hollahi, hollaho, Wird wohl mein Feinsliebchen sein, hollahiaho, Geht vorbei und schaut nicht rein, hollahi, hollaho, Wird's wohl nicht gewesen sein, hollahiaho!«

»Oh, schön ist das, Andi! Aber was ist das: ›Feindsliebchen‹? Daß man soll Feind lieben, wie in Heilige Schrift?«

»Nein doch, das heißt ›Feinsliebchen‹ – zusammengezogen aus ›fein‹ und ›Liebchen‹! ›Feines Liebchen‹, verstehst du?«

»Ja, Andi. Es ist schönes Wort das. Keiner hat mir gesagt bisher!«

»Nun mußt du aber auch noch die andern Strophen hören! Das ist eine richtige kleine Liebestragödie.«

Ich sang, von meinem Erfolg angestachelt, das Ganze durch bis zum bitteren Ende mit »Leichenstein« und »Vergißnichtmein«! Als ich es zu Ende gebracht und textlich kommentiert hatte, war meine Schülerin wieder sehr ergriffen.

»Eins mußt du mir, bitte schön, noch sagen«, fragte sie mit leicht belegter Stimme: »Ist das ein Joddeler?«

»Was?«

»Das Hollalilalo?«

Jodler – sieh mal an, davon hatte man im Lande der schwermütigen Hirten- und Kuruzzenlieder auch schon etwas gehört! Aber wieder diese falschen Begriffe! Ich suchte sie zurechtzurücken. Ich führte Originaljodler vor, wie ich sie im Münchner »Platzl« oder bei Ausflügen ins Gebirge gehört hatte – sie müssen wie die grausamen Racheschreie verwundeter Buschmänner geklungen haben! Ja, von Piroschkas Interesse angestachelt, begann ich ihr die Berge meiner Heimat in gewaltiger kilimandscharischer Überhöhung zu schildern. Ich ließ Wasserfälle tosend zu Tal brausen und Adler kühn in die Lüfte steigen wie in Schillers »Wilhelm Tell«.

Aber Piris Gedanken mußten während meiner Darlegungen eigene Wege gegangen sein; denn plötzlich fragte sie mich:

»Und sie hat ihm richtig getöttet?«

»Wer wen?«

»Den, was jetzt unter Leichengestein und Vergißmichnicht liegt?«

»Ach so, der aus dem Lied? Ja, den hat sie wirklich getötet.«

Piroschka hielt die baumelnden Beine still, sah in die Ferne und flüsterte, ganz zart und sanft:

»Ich würde das nimmermehr tun können...

So sagte sie. Und ich – oh, ich ungeschicktes Frühsemester des Lebens – begriff nicht, daß mir hier ein Seil zugeworfen wurde, haltbarer und verläßlicher als die Strickleiter des Romeo zu Verona.

Ich tapste auch dann noch weiter in meinen wissenschaftlichen Vorträgen herum, als Piroschka mir sagte, jetzt sängen sie draußen ein Lied von den Sternen. Es war ein schwärmerisches Lied, bei dem die Tárogató schluchzte.

»Wir haben auch eine Menge Lieder von den Sternen«, sagte ich. »Und eins vom Mond! ›Guter Mond, du gehst so stille.‹«

»Gut, der Mond – du gähst so stille!« wiederholte sie träumerisch, geistesabwesend.

»Sag mal, Piri, was bist du eigentlich astrologisch?«

In der Puszta ahnten sie zu jener Zeit noch nichts von Astrologie, und ich hatte einige Mühe, ihr die Bedeutung der Sternkonstellationen auf das menschliche Schicksal klarzumachen, von der wir in München-Schwabing so viel wußten.

Am Ende fragte sie:

»Und, bitte schön, was ist dein Géstirn?«

»September: Jungfrau!«

»Jungfrau« – sie ließ das etwas schwere Wort behutsam über die Zunge gleiten: »Das ist doch so wie ›Fräulein‹.«

»Es ist... Jungfrau... das bist eben du!«

Da verklärten sich ihre Augen unter der Carmenlocke, wurden förmlich kugelrund, und sie sagte mit ihrem bezauberndsten Lächeln:

»Das ist aber lieb, Andi, daß man dir unter mein Géstirn hat géboren...«

Vielleicht war das für mich die letzte wirkliche Chance in dieser Stunde, in der wir uns so nahegekommen waren.

Aber ich kam schon wieder auf ein Thema. Keinen Gegenstand im Pferdestall ließ ich aus, über den vergleichende ethnologische Betrachtungen anzustellen waren.

Nichts vergaßen wir in jener Nacht. Oder doch nur eins: wir vergaßen, uns zu vergessen...

Auf einmal drang seltsam graues Licht durch die Stallfenster. Piroschka begann zu gähnen und kletterte von ihrem hölzernen Balkon. Ich stieß die Tür nach draußen auf. Dort standen die hohen Pappeln wie dünne, schwarze Türme gegen den blassen, jetzt sternenlosen

Himmel. Die Tárogató war verstummt, und der alte Miklós mochte schlafen gegangen sein.

Aber die Rebler, obwohl auch sie längst müde sein mußten, waren noch immer in Bewegung. Dürre Kukuruzblätter hatten sie hoch aufgeschichtet und in Brand gesetzt. Merkwürdig hob sich das Feuer vom fahlen Himmel ab. Sie umtanzten es in einem rasenden, fast lautlosen Ringelreihen.

»Ein dionysischer Tanz«, sagte ich. »Wollen wir nicht mittanzen?«

»Ach nein, nicht! Ich bin so sähr gemüdet!«

»Möchtest du heimgehn?«

»O ja, bitte . . .«

Obwohl ich mich selbst noch ziemlich frisch fühlte, konnte ich Piroschka diese Bitte nicht abschlagen. Aber ich nahm ihre Hand, behielt sie lange in der meinen und schaute ihr in die Augen.

»Es war doch eine herrliche Nacht, was, Piri?«

»O ja, Andi«, sagte sie ein bißchen gedehnt, »es war – – ganz schön herrlich!«

Dann ging sie fort, barfuß, mit müden Schritten und ein bißchen hängenden Schultern.

Unter den Pappeln stehend, sah ich zu, wie der Himmel mehr und mehr Lebensfarbe gewann. In der Ferne machte es »Bim-bam«! Das Signal hinter dem Csiky-Hof ging hoch. Gleich würde der Frühzug von Hódmezövásárhely einlaufen, der in Orosháza seinen Gegenzug treffen mußte.

Mit dem würde Piroschka in die Schule fahren. »Piri«, sagte ich leise und zärtlich vor mich hin. Viele Hähne krähten.

Zum letztenmal ...

Bis Mittag schlief ich. Mit Müh und Not wurde ich bis zum Essen mit dem Anziehen fertig. Frau Ilonka sah mich wehmütig an, und János bácsi sagte ein paarmal:
»Jaja, mein Sohn!«
Nie mehr seit dem Tage meiner Ankunft hatte der gute Doktor »mein Sohn« zu mir gesagt. Der Abschied begann uns zu bedrücken; und je weniger Stunden bis zur Abreise waren, um so schneller rannten sie. Selbst die sonst ganz aus sturem Diensteifer bestehende Judith warf verschleierte Blicke auf mich und versuchte, ihre gewaltigen Barfußschritte zu dämpfen.
»Morgenrot, Morgenrot«, ging das alte Soldatenlied durch meinen Sinn ... »Bald wird die Trompete blasen.« Das Tuthörnchen vom Vater Rácz – wie gut das paßte!
Meine tragisch umflorte Stimmung wurde nicht aufgehellt, als ich auf dem Weg zum Bahnhof eine Beerdigung traf. Kein Leichenzug mit Glockengeläut und Blaskapelle wie daheim bei der Beisetzung ehrengeachteter Mitbürger. Hier rollte, von einem lebhaften Braunen gezogen, ein Bauernwägelchen dahin, auf dessen Kutschbock ein Priester im schwarz-weißen Meßgewand saß, was auf eines der hier seltenen katholischen Begräbnisse

deutete. Der Sarg stand hinten im Wägelchen, und die Leidtragenden – mit starren Gesichtern – saßen in schwarzen Gewändern, die Männer mit den üblichen runden Filzhüten, auf den beiden Längsbänken, durch den Sarg getrennt, einander gegenüber. Zwei Ministranten rannten, barfüßig, im Galopp hinter dem staubenden Gefährt her.

Da drüben lag schon der Friedhof. Der Sonnenblumenzaun sah unansehnlich aus. Die samenschweren Köpfe der Blüten waren an den Schäften abgeknickt und braun geworden. Der Laufer hatte sein Schaufenster vor einigen Tagen neu dekoriert. Zwischen den bunten Kaffeepackungen hingen Wetzsteine und Sicheln. Letzte Erntegeräte...

Nichts als »Ende« und »Letztes«, und zum letztenmal würde ich heute mit Piroschka auf dem schwarzen Ledersofa sitzen, über Gewesenes und Versäumtes plaudern und ihre Stimme hören: »Kérem, Andi, mach Sígnal!« Denn morgen mußte ich unwiderruflich reisen, wollte ich in Budapest rechtzeitig den Rücktransport der »Kommilitonen« und das Flußschiff »Königin Elisabeth« erreichen.

»Erszébet királyne« – – ach, Greta, nun hast du mir doch keine Nachricht mehr gegeben! Ich rechnete erschrocken nach: der Rosinenmann mußte sie inzwischen abgeholt haben...

Schon vor dem gelben Stationsgebäude begann ich zu pfeifen. Wir hatten keinen gemeinsamen Pfiff – Piroschka und ich –, aber ich pfiff einfach die Melodie des »Hollahi! Hollaho!« Die mußte sie seit heute nacht kennen. Niemand kam mir entgegen.

Im Zimmer mit dem tickenden Telegraphen fand ich die Eltern Rácz. Frau Margit band die abgehende Post für Sándor zusammen. Es waren einige Karten von mir dabei, die ich noch im letzten Augenblick großsprecherisch an Münchner Freunde geschrieben hatte. Sie sollten wissen, daß ich immer noch da unten in der fernen Puszta war, und ich verschwieg ihnen den Abreisetermin.

Ich küßte der Frau Stationschef die Hand.

»Wo ist Piri?« fragte ich.

»Im Bett«, antwortete sie, klopfte noch einmal auf das Postpäckchen und verschwand durch eine rückwärtige Tür. Ich starrte ihr nach. Vater Rácz mußte meinen betroffenen Blick bemerkt haben, denn er sagte beruhigend:

»Ist nicht so schlimm, Herr Stúdent! Die Piri ist halt bissel zartes Krischperl, wie ihre Mutter dazumalen.«

»Wie ihre Mutter?«

»Génau so! Ist ihr ja auch wie aus dem Gesicht geschnitten!«

Ich stierte den dicken Mann an, als habe er gesagt, Piri sei sein getreues Ebenbild. Was sich Ehemänner und Väter so einbildeten: das grazile, charmante Mädel mit der Sechserlocke und die umfangreiche Dame mit den Papierwürsten im Haar!

Natürlich würde Piroschka heute spät aufstehen, und sie wäre gewiß längst aufgestanden, hätte sie geahnt, daß ich sie hier erwartete. Es hieß jetzt nur, durch beharrliches Geplauder mit dem dicken Papa Zeit gewinnen.

»Ja, Herr Stationschef«, sagte ich – den Titel hörte er anscheinend doch noch lieber als »István bácsi« –, »morgen muß ich nun abreisen!«

»Ich hab' vom Jancsi gehört. Ist sähr schad'! Nach so kurze Zeit!«

»Es sind reichlich sechs Wochen!«
»Jaja, Herr Stúdent:
›Alles, alles ist vergänglich.
Nur das Kuhschwanz, das bleibt länglich!‹«
Herr Rácz sah mich beifallheischend an. Wo mochte er diesen albernen Vers aufgelesen haben?

»Ich werde doch wohl am besten morgen nachmittag abreisen? Übermorgen fährt schon das Schiff von Budapest.«

»Aber Herr Stúdent nehmen doch besser Schnellzug in Nacht. Fahrt ja viel schneller.«

Er war ordentlich von Stolz gebläht, daß er so etwas bei seiner MAV zu bieten hatte.

»Der Zug hält doch hier nicht!«

»Haltet aber in Orosháza. Sie fahren einfach mit Abendzug nach Orosháza und haben dort nachts um elf Anschluß.«

»Dann würde ich ja sogar noch einmal durch Kutasipuszta kommen!«

»Natürlich müssen das der Herr Stúdent« – Herr Rácz sprach sehr gewählt in der dritten Person. »Fahren vorbei und können noch einmal auf uns winken!«

›Noch einmal‹, schoß es mir durch den Kopf – ›zum letztenmal.‹

»Und wenn Ihnen dieses Mal hat gefallen, Herr Stúdent – kommen nächstes Jahr wieder.«

»Großartig hat es mir gefallen. Und natürlich möchte ich auch wiederkommen.«

»›Was einer mechte, kann er‹, heißt Sprichwort bei uns in magyarisches Volk!«

Hast du eine Ahnung, magyarisches Volk, von meinen Schwierigkeiten mit Greta und Piroschka! Wieviel habe ich da gemocht! Ja, wenn es bloß nach meinem Wunsch ginge, dann mußte im selben Augenblick die kleine Piroschka unter der Tür stehen, »komm, Andi« sagen – *wie* hatte sie das immer gesagt! – und mit mir fortgehen, in den Abend, in die Nacht hinein ...

Piroschka aber kam nicht! Der Nachmittag verging in einer mühevollen Konversation mit dem geschwätzigen Stationsvorsteher, und ich verabschiedete mich erst, als die beiden Gegenzüge sich, unter dem vollen Aufgebot der Bahnhofsbesatzung, getroffen hatten und Frau Margit den Posteingang zu sortieren und zensieren begann. Für mich war nichts mehr dabei.

»Haben Sie Piroschka gesagt, daß ich hier bin?« fragte ich die Frau Stationschef während ihres schweren Amtsgeschäfts.

»Hab' ich ganz vergessen!«

Ich funkelte die Rabenmutter an.

»Außerdem ist gut, wann das Kind schlaft – nach *der* Nacht!«

Dabei sah sie mich beinahe noch prüfender an als gestern der Sándor, nachdem er mich im Pferdestall allein gefunden hatte.

Am Abend war Abschiedskegeln beim Laufer. Eine spätsommerlich milde Nacht, in der viele Grillen zirpten ... Trotz meines Abschiedswehs schob ich die teilweise schon etwas runzligen Kugeln ziemlich konzentriert und kam noch einmal auf insgesamt drei saubere Neuner mit den anschließenden militärischen Ehrenbezeigungen Sándors.

Vater Rácz ließ es sich nicht nehmen, mehrere alkoholische Runden auszugeben, um damit auf mein Wohl, auf das meiner Lieben daheim und meines gesamten Vaterlandes – »tapfere Verbindete« – zu trinken. Danach tranken wir aufs Wiedersehen.

»Ja, komm wieder, mein Sohn«, sagte Herr Johann von Csiky und schenkte mir zu ewigem Angedenken seinen Beilstock, den Fogasch, den er schon von seinem eigenen Großvater geerbt hatte. Ich versprach, ihn hoch in Ehren zu halten ...

»Wird denn Piroschka nicht wenigstens jetzt noch kommen?« wagte ich nach der soundsovielten Runde zu fragen.

»Nein«, sagte die Mama.

Ihre Antwort war viel zu kurz, um höflich zu erscheinen.

»Liegt sie immer noch im Bett?«

»Nein.«

Nicht im Bett, aber auch nicht hier! Begreife einer die Geistesverfassung ungarischer Mädchen!

Auf dem Heimweg unter den wehenden Bäumen – zum letztenmal! zum letztenmal! – bekannte ich mich Frau Ilonka, der mütterlichen Freundin. Ich erzählte ihr alles, was in der letzten Nacht beim Maisrebeln geschehen war, und auch alles Vorhergehende. (Nur die nächtliche Begebenheit in der Pension Márton verschwieg ich!)

»Meinen Sie wirklich, daß ich zu weit gegangen bin?« fragte ich, um mich an diesem bedeutungsvollen letzten Abend jedem Urteil zu stellen.

»Aber nicht weit genug, Andreas!« sagte Frau Ilonka so leise, daß es nicht einmal ihr Mann verstehen konnte.

»– – – –!«

In dieser Nacht verließ ich noch einmal heimlich das Haus, um zum Bahnhof zu laufen – in der Wunschvorstellung, auch Piroschka würde aufstehen, um mich zu suchen.

Der Nachtschnellzug war schon durchgefahren, als ich auf der Station ankam, und das gelbe Gebäude lag in Stille und Finsternis. Ich pfiff – erst zaghaft, dann lauter »Horch, was kommt von draußen rein«. Niemand horchte, und von Reinkommen war keine Rede. Versäumtes ließ sich nicht nachholen...

Auf dem Heimweg weckte ich einen mißtrauischen Hund, der mit seinem Gebell weitere Hunde weckte. Man hätte sich ausrechnen können, wie lange es dauerte, bis das Gebell sich wellengleich über ganz Ungarn von Budapest bis Debrecen fortgesetzt haben würde.

Weil ein armer, verliebter deutscher Narr zu ungewöhnlicher Nachtstunde in der Puszta herumstreunte, würden ein paar tausend Ungarn durch Hundegebell in ihrem Schlummer gestört werden, und sogar Liebende würde der Lärm von ihrem Lager aufschrecken. Recht so! Wurde ich denn geliebt? Bellt, ihr mißgestalteten Dorfköter, bellt euer Vaterland wach: Ungarland, Magyarország!

Ich beschloß, Piroschka am Morgen an ihrem Schulzug aufzulauern. Im Bemühen, mich hellwach zu halten, schlief ich jedoch ein und verschlief die Stunde des Morgenzuges.

Das letzte Frühstück mit Frau Ilonka. Die platschfüßige Judith hatte rotgeränderte Augen. Im Flur saßen andere Patienten als am Tage meines Eintreffens. Nach dem Frühstück fing ich an, meinen japanischen Strohkorb zu packen. Ich stellte mich dabei nicht sehr geschickt an; denn statt der angenehmen, gleichmäßigen Rundung der Herreise bekam er jetzt häßliche, spitze Ecken, die vom Photoapparat, aber auch von allerhand freundlichen Paketen herrührten.

Frau Ilonka gab mir Dinge nach Deutschland mit, die dort immer noch über alle Begriffe kostbar waren: Salami und Paprikaspeck. Aber auch eine Schachtel mit den spitzen, roten Paprikaschoten packte ich ein. Damit wollte ich denen daheim beweisen, was ein echtes ungarisches Gulyás ist. Das Harte unten im Korb war eine Flasche Tokaier vom Pali bácsi in Hódmezövásárhely.

Der Vormittag raste dahin. Beim Mittagszug stand ich auf dem Bahnsteig und erwartete Piroschka. Sie kam nicht.

»Habedieehre, Herr Stúdent!« begrüßte mich der Stationschef, der, wie üblich, in kleiner Adjustierung erschien, mit seinem alten, nur halb zugeknöpften Jackett und einer verblaßten, verdrückten Kappe.

»Wo ist Piroschka?«

»Droben. Sitzt und heilt. Es ist etwas mit ihr!«

»Krank, Herr Rácz?«

»Margit meint, was Gemitliches...«

Frau Ilonka hatte recht gehabt: Ich war an allem schuld. Und nichts war gutzumachen. Ich besaß nicht einmal den Mut, oben zu klingeln und an der strengen Mutter vorbei bis zu Piroschka vorzudringen.

»Also heit Abend, bei Zug nach Orosháza!« sagte Herr Rácz. »Es wird ein feierliches Abschied geben!«

Mich würgte es jetzt schon in der Kehle, wenn ich bloß daran dachte.

»Na, und sie wird ja doch kommen!« sagte Vater Rácz und blinkerte mit den Augen zu den offenen Fenstern seiner Wohnung hinauf, hinter deren Gardinen sich nichts Lebendiges zeigte . . .

Piroschka kam an diesem Abend meiner Abreise auf den Bahnsteig. Sie stand da, ein bißchen provinziell und steif herausgeputzt, neben ihrer Mutter mit den frischgedrehten schwarzen Locken, neben Herrn Rácz in seiner Galauniform, neben Sándor, der eine Papierblume im Knopfloch und meinen Korb in Händen trug, neben János bácsi und Frau Ilonka, neben der Magd Judith, neben dem Gastwirt Laufer mit seinem frisch gewichsten Schnurrbart, neben dem jungverheirateten Windmüller mit seinem Vater, neben dem greisen Miklós mit der Tárogató und neben zwei, drei Zigeunern.

Vor lauter »neben« sah man die kleine, zarte Piroschka kaum, zumal sie von ihrem Kummer ganz zusammengerutscht zu sein schien. Außer den Hauptakteuren war noch eine stattliche Komparserie am Bahnhof versammelt: Maisrebler von vorgestern, Hochzeitsgäste, deren Gulyiás ich gegessen und deren Wangen ich geküßt hatte, barfüßige Kinder und ein paar Hunde, unter denen ich die weißen Riesen meines ersten Abenteuers gern vermißte.

Beim anmeldenden »Bim-bam« fingen die alten Bauern mich schon wieder zu küssen an, und vom »Donnerhall« bis zu Sándors »Vergatterung« bekam ich noch einmal das gesamte deutsche Repertoire der Puszta zu hören, dem ich das meine, von zahllosen »Köszönöm szépen's« bis zum »vergessenen Nachthemd«, als scherzhafte Zugabe, gegenüberstellte...

Dabei war mir gar nicht scherzhaft zumute. Frau Ilonka weinte, in den Augen meines rührenden alten Freundes János bácsi schimmerte es verdächtig, und er sagte ein übers andere Mal »mein gutes Kind« zu mir.

Der Zug lief ein. Nun hätte ich ein vielarmiger Götze sein müssen, um alle mir entgegengestreckten Hände zu ergreifen.

Man rief »Éljen!« – nun in einem ganz anderen Chor als bei meiner Ankunft – und, überwältigt von der Menschenansammlung in dem kleinen Pusztanest, begannen auch die aus dem Zug Schauenden in die Hochrufe einzustimmen.

Ich rief »Auf Wiedersehen, Magyarország!«

Miklós begann schwermütig auf der Tárogató zu blasen, die Zigeuner fielen mit ihren schwarzen Fiedeln ein, und durch das Tuthörnchen des Stationschefs wurde das philharmonische Orchester, in dem jeder seine eigene Weise musizierte, vollständig.

Mein Gott, Vater Rácz blies zum Einsteigen! Wo war seine Tochter?

»Piroschka!« rief ich.

Ich fand sie hinter der Mutter versteckt. Ich packte ihre Hand. Ihr Atem ging kurz und stoßweise.

Eilig flüsterte ich: »Ich komm' wieder, Piri!«

Sie sah mich mit fremden, weit aufgerissenen Augen an.

Da sagte ich rasch: »Szeretlek – ich liebe dich – szeretlek!«

Sie ergriff meine beiden Hände und küßte sie. Sie – meine Hände...

Es war keine Zeit mehr, etwas dagegen zu tun – keine Zeit, um nachzudenken.

»Einsteigen, bittaschön, Herr Stúdent!« rief der Stationschef, in dem das Fahrplangewissen über das Vaterherz triumphierte.

Ich stieg ein.

Ein letztes Hörnchentuten. Winken. Rufen. Die Musikanten hatten sich zum Abschied auf die feierliche ungarische Hymne geeinigt. Dabei nahmen die Bauern ihre runden Hüte ab, und Sándor erwies mir an der Krempe seines Schäferhutes die militärische Ehrenbezeigung.

»Können noch einmal winken heut' nacht«, war das letzte, was ich von dem in strammer Haltung salutierenden Herrn Rácz hörte.

Dann fuhr der Zug schneller und schneller, und kleiner, immer kleiner wurde das Menschenhäufchen vor der Station Hódmezövásárhelykutasipuszta.

Jetzt hatte ich Zeit, nachzudenken – ein paar Stunden lang. Im Zug nach Orosháza, im Wartesaal dort – ich rührte mich in ihm nicht von der Stelle – und zuletzt in dem nächtlichen Budapester D-Zug, der beinahe internationales Format besaß.

Es war eine schlimme Bilanz, die ich zog. So viel magyarische Liebe, so viel überwältigende Gastfreundschaft – und wie hatte ich sie erwidert? Alles hatten sie in Ungarn für mich getan! Und ich? Nichts für Ungarn – nichts für Piroschka...

Der D-Zug raste unbarmherzig durch die Nacht und versprühte rote Funkengarben über dem schlafenden Land. Ram-tam-tam, ram-tam-tam, ram-tam-tam. Es war der Rhythmus aller Züge in der Welt. Nein, dieser war anders. Er hieß ›Piroschka – Piroschka – Piroschka ...‹ Oder so: ›Nicht geküßt – nicht geküßt nicht geküßt ...‹ Nicht ein einziges Mal hatte ich sie geküßt.

Geboren unter ihrem Sternbilde – und nicht geküßt.

»Ich liebe dich, Piroschka!«

Wieder der Zugrhythmus: ›Piroschka – Piroschka – Piroschka ...‹

›Liebst du mich auch?‹

›Nein, Andi – nein, Andi – nein, Andi ...‹

Immer langsamer, schleppender, ersterbend: ›Nein, Andi ...‹

Was ist das? Die Bremsen kreischen. Der D-Zug steht.

Er darf doch hier nicht stehenbleiben. Er hält doch erst wieder in Szeged. Das kann doch noch nicht Szeged sein.

Es ist Vásárhelykutasipuszta. Ich soll ja noch einmal winken in Vásárhelykutasipuszta. In allen Abteilen lassen sie die Fenster herunter. Die Lokomotive schnaubt. Da vorn läuft einer mit einer roten Laterne. Und da – das Signal: auch rot. Keine Durchfahrt! Mein Gott, was ist geschehen? Piroschka! Was hast du getan?

Der kleine Friedhof mit den welken Sonnenblumen ... Meine Schuld! Ich muß hinaus! Da klopft jemand. Nein, an der Tür drüben – nicht vom Bahnsteig her. Die Tür klemmt.

»Andi! Andi!«

Das ist ihre Stimme.

»Piroschka ...! Komm rauf!«

»Nein, komm herab ...«

»Mein Gepäck!«

»Komm schnell! Fahrt sonst ab!«

»Ich komme!«

Tür auf! Klapp, zu!

»Piroschka!!«

Wir laufen über den Schotter, die hohe Böschung des Bahndamms hinunter, legen uns lang hin. Niemand kann uns sehen. Ich saß im letzten Wagen, und alle schauen drüben aus den Fenstern – auf der Stationsseite.

Vorn tutet es. Das Hörnchen. Das Signal zeigt grün. Die Lokomotive pfeift, ruckt fauchend an und macht ein Galafeuerwerk.

»Mein Korb, mein Mantel!«

»Fahrt alles nach Budapest voraus. Wartet auf dich!«

Die Nacht schluckt die roten Lichter des letzten D-Zug-Wagens.

»Jetzt telephoniert Vater nach Szeged und läßt mich suchen . . .«

»Und du bist hier! Hast keine Angst?«

»Ist alles gleich. Du bist da.«

Wir liegen am geneigten Hang. Der große Hundealarm ist dem Nachtspuk nachgezogen.

»Nun kommst du nicht zu das Schiff!«

»Ist alles gleich, Piri. Du bist da!«

Sie seufzt und schmiegt sich in meine Arme.

»Glücklicher Zufall. Gutes Schicksal . . .«

»Kein Zufall, Andi.«

»Was denn sonst?«

»Hab' *ich* gémacht!«

»Was . . . ?«

»Sígnal anders gestellt. Vater hat schon grün gémacht und wartet draußen mit Stab. Da bin ich hin und hab' Sígnal umgestellt: rot!«

Noch einmal meine deutsche Untertanengewissenhaftigkeit:

»Aber, Piroschka, das ist doch Transportgefährdung oder so was Ähnliches. Was wird dein Vater tun?«

»Laß doch. Das ist morgen. Das ist so weit . . .« Ihr

203

Gesicht ist ganz nah an meinem: »Denk' einmal an heit', Andi... Spürst, wie warm noch das Gras vom Tag ist?«

»Ja, ganz warm.«

»Und die Straßenmilch!«

»So hat die Milchstraße nie gefunkelt.«

»Grillen, hörst?«

»Nein. Dein Herz ist zu laut!«

»Deins noch lauter. Ganz sähr...«

»Man kann gar nicht sagen, wie schön das ist, Piri...«

»Sollst auch nichts sagen, Andi... Hast schon so viel gesagt.«

»Noch nicht alles.«

»Was denn? Hm?«

Ihre Stimme wird so klein, als ob sie verlöschen wollte.

»Ich werde wiederkommen. Ich werde dich heiraten. Ich will lauter so kleine Piroschkas – genauso süß wie du!«

»Hm-m...«

Sie schüttelt den Kopf. Man sieht es in dem Sternenlicht. Man sieht auch, daß sie nicht mehr das Prachtkleid vom Abschied anhat, sondern denselben kurzen Rock wie beim Rebeln, wie bei unserer allerersten Begegnung. Nun wird es die letzte.

»Kannst du mir verzeihen?«

»Was, Andi?«

»Alles. Das in Siófok. Das mit Greta. Das in der Windmühle.«

»Mußt nicht alles so in dir aufschreiben wie in ein dickes deitsches Buch. Nur das...«

»Was?«

»Das jetzt! – Hörst die Tárogató vom Miklós?«
»Nein.«
»Weil du immer nur hörst, was wirklich ist...«
»Ich liebe dich! Ich liebe dich, Piroschka!«
»Aber das darf man doch nicht sagen.«
»Warum denn nicht?«
»Tun, Andi – tun muß man das...«
Da hörte auch ich das Hirtenlied des alten Miklós... Unsere Herzen schlugen den Takt dazu, und jeder spürte des andern Herz. Hell lagen die schweigenden Höfe, und die dunklen Balken der Ziehbrunnen deuteten zu Árpáds Sternenstaub auf. Kein Windhauch rührte die Blätter der Akazien.
»Piroschka!«
»– – – –!«

Ich hatte ihr ein Wiedersehen versprochen. Es kam nicht dazu. Den übernächsten Sommer verbrachte ich in Siebenbürgen, und auf der Rückreise wollte ich in Hódmezövásárhelykutasipuszta Station machen. Aber ich wurde in Kronstadt krank: Scharlach, und mein Vater holte mich danach ab. Wir fuhren eine andere Strecke...

Vielleicht war es gut so. Denn wenn ich an Piroschka denke – und ich denke oft an sie –, ist sie immer jung und süß, siebzehn Jahre, mit der kecken Sechserlocke auf der Stirn. Und immer höre ich ihr lieblich tönendes »Sígnal« und die Tárogató in der Nacht.

Manchmal meine ich, es war gar nichts – das mit Piroschka. Aber es ist wohl alles gewesen. Alles.

»Mit Witz und Esprit aufmunternd erzählt.« WELT AM SONNTAG

»... man wünscht sich immer das, was man nicht hat. Und wenn man's dann hat, ist es längst nicht so reizvoll, wie man es sich vorgestellt hat.« Dieser Roman von Barbara Noack ist ein unverwechselbares, herzhaftes Lesevergnügen. Eine Geschäftsfrau, alleinstehende Mutter zweier erwachsener Kinder, schüttelt ihren Beruf ab, um zu »leben«. Der Befreiungsakt wird zum großen Abenteuer, das bestanden sein will... Ein ernstes Thema, lebensecht und humorvoll gemeistert.

Barbara Noack
Brombeerzeit
Roman
240 Seiten
Ullstein TB 23347

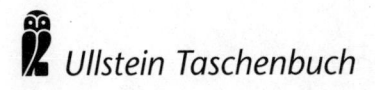

Ullstein Taschenbuch

Wie man dem Leben Beine macht

Nein, das kann es noch nicht gewesen sein, sagt Lydia sich, die als Hausfrau auf die dreißig zugeht und schnöde von ihrem Ehemann wegen einer anderen verlassen wurde. Für ihre zwei Kinder findet sie eine liebevolle Tagesmutter, für sich selbst einen Job bei einem Modeschöpfer als Directrice. Was noch fehlt, ist ein Mann, der als Partner richtig zu ihr paßt. Die Wundertüte des Lebens hat da allerdings etliche Überraschungen für sie parat, bevor sie den Richtigen findet...

Elvira Reitze
Männer aus der Wundertüte
Roman
368 Seiten
Ullstein TB 24544

Ullstein Taschenbuch